Domício Pacheco e Silva

Névoa de superfície

TN TERCEIRO NOME

Copyright © Domício Pacheco e Silva 2016

Nesta edição, respeitou-se o novo Acordo Ortográfico da Língua Portuguesa.

Direção
Mary Lou Paris

Assessoria
Dominique Ruprecht Scaravaglioni

Preparação
Fabio Bonilho

Revisão
Ana Lima Cecilio

Capa
Bia Coutinho

Projeto gráfico
Antonio Kehl

Dados Internacionais de Catalogação na Publicação (CIP)
Vagner Rodolfo CRB-8/9410

S586n   Silva, Domício Pacheco e
      Névoa de superfície / Domício Pacheco e Silva. - São Paulo : Terceiro Nome, 2016.
      168 p. ; 16cm x 23cm.

      ISBN: 978-85-7816-200-9

      1. Literatura brasileira. I. Título.

                                    CDD 869.8992
2016-309   CDU 821.134.3(81)

Índice para catálogo sistemático:
1. Literatura brasileira 869.8992
2. Literatura brasileira 821.134.3(81)

Todos os direitos desta edição reservados à
EDITORA TERCEIRO NOME
Rua Prof. Laerte Ramos de Carvalho, 133
Bela Vista - São Paulo (SP) – 01325-030
www.terceironome.com.br
contato@terceironome.com.br
fone 55 11 32938150
vendas: info@wmfmartinsfontes.com.br

Este livro é para Isadora Solitude, Vittorio
Brandini de Barros e Belém do Pará.

É também para Joana, Carolina,
Marcela e Mariah.

Sumário

Prólogo 9
Névoa de superfície 13
Epílogo 143
Caderno de receitas de Pérsio Ângelo da Silveira 149
Notas finais – Assuntos do Pará, Piauí e Paraíba............ 159
Nota do autor 165

Prólogo

I - São Paulo (SP) – 1954

O menino tinha uns três anos e se divertia sozinho em um canteiro de flores no jardim. Remexia a terra e cutucava pequenos insetos que ao toque de seus dedos logo se transformavam em bolinhas cinzentas. Ali entretido, ele sorria cada vez que um daqueles tatuzinhos se metamorfoseava milagrosamente. O menino já os conhecia bem. Eram moradores da superfície úmida da terra, ocupantes de um andar acima do ponto em que as minhocas brotavam a serpentear quando o mundo era revolvido com mais vigor. Às vezes ele esmagava um ou outro tatuzinho por curiosidade, só para ver o que acontecia. Mas, na ignorância da dor que provocava, agia sem nenhuma maldade.

E ele estava ali entretido, quando a vista começou a lhe turvar. Eram lágrimas que saíam de seus olhos sem nenhuma explicação e iam se avolumando e se adensando, até começarem a escorrer por todo o rosto. Em um instante o menino chorava aos soluços, esquecido dos animaizinhos que antes ocupavam todos os seus pensamentos.

O que aconteceu? Você se machucou?

Alguém da família perguntou diversas vezes, mas ele não sabia por que chorava. Muitos anos mais tarde o motivo se revelaria: – *Algo faz falta aqui dentro de mim; há um vazio que me tortura.*

II - Belém (PA) – 1966

No ano de 1966, ao erguer pelas pernas um bebê, Cecília de Oliveira, considerada uma das melhores parteiras de Belém do Pará, sentiu uma incandescência queimar-lhe as mãos. Antes que pudesse desferir a palmada na recém-nascida, a criança desabou no piso frio de cimento queimado. Por um milagre escapou de morrer: fraturou uma das clavículas e cinco costelas, surpreendendo ao ter sobrevivido, dada a violência da queda.

Tempos depois alguém atribuiu o acidente ao fato de a menina ter nascido sob a regência do *cavalo de fogo*, signo que só se manifesta de sessenta em sessenta anos e é o mais controvertido de uma antiga vertente do atual horóscopo chinês. Não haveria nada mais incerto e imprevisível do que os *cavalos de fogo*. Podem ser muito bons ou muito maus; muito fortes ou muito fracos; muito saudáveis ou muito doentes. Sempre dados a extremos, têm excesso de sorte ou de azar; se forem do sexo feminino, tendem a se desiludir nos relacionamentos amorosos. Era comum, portanto, que no passado as gestantes provocassem aborto com agulhas de tricô ou objetos pontiagudos quando verificavam que o bebê nasceria sob esse signo.

Nos últimos tempos houve quem passasse a acreditar que aquela recém-nascida de 1966 era na verdade um *peixe dourado*, sob a regência do *cavalo de fogo* – fórmula idêntica à de uma bomba que se implode em silêncio, despercebida, inaudita. É como se tivesse sido imaginado para aquele bebê o antigo provérbio mexicano: *Oh!, peixe, peixinho dourado, cuide bem de si! Porque são tantas as armadilhas, tantas as redes armadas para você neste mundo.*

III - Redenção (PA) – 1983

Enquanto manobrava o avião na pista de terra o comandante não parava de reclamar de nosso atraso. Em dado momento paralisou a pequena aeronave num dos extremos do campo e silenciou na escuta da batida do motor... Como se tentasse ouvir o passo de uma onça na mata, levou o dedo indicador à frente dos lábios: – *Psssiiiuuu!...* Olhou sério o relógio de pulso, fez uma careta contrariada, mexeu em um comando à esquerda, apertou três ou quatro botões à direita, segurou firme o manche, acelerou, acelerou, e saiu em disparada. Enquanto sacolejávamos pelo campo esburacado, o motor ia berrando como um leitão no matadouro.

Em instantes ficamos aliviados. Embora já fosse possível avistar a névoa a avançar do sul ao norte no traço do pincel invisível de alguma divindade (que tingia de branco todo o verde da selva), nosso atraso não seria fatal. Em certas épocas do ano, no sul do Pará, com as primeiras luzes do amanhecer ela se derrama sobre a floresta amazônica e em minutos se estende por toda a superfície da terra. Não vai além dos quinze metros acima da copa das árvores mais altas; e é por isso que a chamam de *névoa de superfície*.

– Se estivéssemos lá embaixo – disse o comandante, agora calmo e de bom humor – não enxergaríamos nada; nem levantaríamos voo. Portanto, aproveitem a visão do amanhecer! Enquanto as pessoas estão às cegas no chão, admiremos esta paisagem: a mesma que Deus vê todos os dias enquanto saboreia seu café da manhã.

IV - Castanhal (PA) – 2013

Não estou enxergando mais nada, amor! Estou completamente perdido e não sei que direção tomar. Onde foram parar as minhas asas?

Como posso saber? Também não encontro as minhas!

Névoa de superfície

> Quanto mais nos elevamos, menores parecemos aos olhos daqueles que não sabem voar.
>
> *(Friedrich Nietzsche)*

1.

Anos antes de os senhores se decidirem a formar esta equipe de pesquisas, eu me questionava bastante se em algum momento havia amado alguém verdadeiramente. Um dos vários psiquiatras que os antecederam clareou minhas ideias confusas:

– Não tenha dúvidas, Pérsio; você amou de verdade aquela moça de Belém do Pará, a cantora.

Ao envelhecer começamos a levantar os balanços de nossas existências e quase sempre constatamos que a vida é que nem dinheiro: escapa da gente como que pelo vão dos dedos. A diferença é que o dinheiro se recupera, ao passo que a vida só escoa.

Hoje sei que viver sem amor é inviável. Tanto se morre por ele, como pela falta dele. Dinheiro, prestígio, poder, liberdade ou amor – quando me indagavam, o *dinheiro* sempre vinha em primeiro lugar, pois acreditava que ele, sim, me abriria todas as portas. Hoje sei que se consegue viver sem tudo isso. Porém, não se vive sem amor.

Em 1986 eu contava trinta e quatro anos quando de repente acordei apaixonado por Isadora Solitude, então uma jovem e linda cantora da noite de Belém do Pará. Ela só passaria a utilizar esse sobrenome após o casamento com Pierre Arges Solitude, na década de 2000. Ao conhecê-la, assinava o nome de solteira: Isadora Liz de Morales.

Há circunstâncias que nos surpreendem como bandidos à espreita para nos assaltar. Quando percebi, minha alma insistia em se instalar na Amazônia, a uma distância de quase três mil quilômetros de São Paulo, onde meu corpo então vivia. Transferir-me de corpo e alma para lá? Chamar a amada para viver aqui? Naquela altura eu não tinha como avaliar todo o meu drama frente ao amor que se enraizava como uma seringueira no solo de uma floresta.

E foi assim, senhores, que descobri como viver em dois mundos diferentes: no mundo material, concreto, em que eu vivia de uma forma física; e no mundo intangível, onde só o meu espírito conseguia se aventurar com liberdade. Eu perceberia tardiamente, contudo, que – exceto nos fugazes instantes dos sonhos – não há quaisquer meios seguros de se abandonar em um canto a matéria e se transportar com o espírito para outro lugar.

Durante anos eu conviveria com Isadora no mundo dos sonhos e da imaginação, até que isso não mais me contentasse: eu precisava exercer o meu amor por ela como um tirano, sem quaisquer limitações. E assim, ignorando que o meu dilema era tão terrível quanto a escolha de Fausto, passei a caminhar e voar perdido numa cegueira de névoas tão espessas que fez meu corpo, sem conseguir acompanhar meu espírito, dele se desprender em vários momentos.

Mas, o desastre mesmo só seria rascunhado quando o liame entre os meus mundos – o corpóreo e o incorpóreo – seccionou-se de repente, por alguma razão que não consigo explicar, e eu me vi dividido em duas partes: uma perdida no chão, enquanto a outra voava alucinada para algum lugar desconhecido.

2.

Na noite daquele 14 de janeiro, ao sair de um bar na alameda Santos, tomei o rumo da avenida Paulista no sentido do Paraíso. Entre o exército de prédios perfilados do centro financeiro de São Paulo, eu dirigia devagar um Fiat 147, quando fui ultrapassado por outro igual, desembestado. Como se fosse um puro-sangue de corridas, não me contive: com o motor guinchando e os pneus cantando, saí em perseguição do carro rival.

Como dois foguetes, eu e meu oponente prosseguimos naquela corrida de vida ou morte, costurando entre os carros da avenida Paulista. Meu peito parecia uma bateria de fogos de artifício no auge. De sua parte, a adrenalina circulando por todo o meu sangue não deixava espaço para qualquer outra ideia que não fosse a de vencer o páreo. Sob um ritmo parecido com o da "Cavalgada das Valquírias" em seus acordes mais cruciais, ora um piloto liderava, ora o outro. Ao entrarmos na avenida Bernardino de Campos com os giros dos motores explodindo, tomamos o rumo da rua Vergueiro. Notei várias brechas no trânsito. Vou vazar pela direita, escapar pela esquerda, retornar para a direita e surgir lá na frente de forma tão rápida, que jamais serei alcançado; e então, com o caminho livre, desaparecerei como uma nave supersônica a caminho das estrelas.

Um obstáculo. Os pneus fritam no asfalto, alucinados, mas a trombada é inevitável – um tiro de canhão. Parecendo um boneco de testes de segurança automobilística, sou jogado ao para-brisa, que se estilhaça em milhares de pedacinhos. Como lágrimas de palhaço, o sangue de meu rosto esguicha longe; o carro para bruscamente, o motor morre.

Um instante de calmaria... Silêncio total, exceto pelo som do rádio, com Duran Duran cantando "Chaud".

Será que estou morto? O sangue escorreu lento, quente, agora sem esguichar. Pensei em me acomodar onde estava, no assoalho do carro, e dormir um pouco. Senti um cansaço lânguido, relaxado... Fui me embalando, meio tonto. O tempo passou devagar. Alguém abriu a porta do carro e perguntou por mim. Só então pensei em sair de onde estava. Levaram-me ao pronto-socorro da Faculdade Paulista de Medicina, ali perto.

Fui cercado por uma matilha de médicos e enfermeiros; a vida começou a andar rápido novamente. Havia suspeita de que um de meus olhos tivesse vazado – Burrr! Até hoje sinto arrepios. Largaram-me com uma médica, que iniciou um exame oftalmológico, enquanto um ortopedista de feições orientais mexia cuidadosamente em minha perna direita, parecendo intrigado. Fiquei ali estendido, entregue, até que ele, o ortopedista, sem querer fez com que meu fêmur se deslocasse repentinamente da bacia. Uivei como um animal ferido de morte. Anestesiaram-me, e logo organizaram uma equipe para trabalhar em cima de mim. A oftalmologista concluiu o exame com sucesso: meus olhos se recuperariam. Minha perna direita foi atravessada por brocas e puas e a amarraram com arames, deixando-a sob tração. Fizeram uma plástica no meu rosto, costurando mais de quinhentos pontos em minha testa e nas pálpebras.

3.

Eram 10h ou 11h da manhã seguinte quando acordei devagar, me sentindo um rascunho de papel rasgado e amassado. Estava na penumbra de uma saleta afastada do pronto-socorro, uma caverna lunar de tão silenciosa e lúgubre. Com dores nos quadris, no peito, no rosto e no olho direito, comecei a me movimentar para ir embora daquele pesadelo. Tenho muito que fazer hoje no escritório: preciso passar em casa, tomar um banho, vestir um terno... Minha mãe pediu calma:

– Você quebrou a bacia, Pérsio. Daqui a pouco iremos para o Samaritano, onde será operado. Nem pense em se mexer: se arrebentar as amarras de sua perna vai ser pior; pode ficar paralítico se um deslocamento do fêmur esmagar o seu nervo ciático...

Palavras sinceras às vezes funcionam melhor que um sossega-leão na veia. Tratei de ficar bem bonzinho, pois anos antes, em circunstâncias bizarras, eu havia aprendido muito em outro acidente, que parece ter acontecido com outro homem.

Sim, na minha cabeça outro homem: um pouco amarrotado, mas bem-vestido, que andava duro para disfarçar seu estado de embriaguez. Ninguém sabe para quem tentava fingir, pois a rua se encontrava deserta, escura, e só se ouvia na madrugada o ruído do salto de seus sapatos. Parou diante de um pequeno sobrado e ali ficou, bambeando em pé, quase caindo para frente, quase despencando para trás. Acordaria a todos para chegar à sua amada? O que diriam os pais dela? Resolveu ir até o quintal dos fundos, onde veria no andar de cima a janela do quarto. Fecharia os olhos para imaginá-la envolvida em lençóis e sentiria uma sensação relaxante por saber o que já sabia: que ela estava do lado de dentro, dormindo como um anjo... Entrou no quintal sem fazer o mínimo ruído. Mas os cães – tinha se esquecido dos cães! – começaram a latir furiosamente. Seria descoberto! Como explicar a invasão em plena madrugada? Fugiu aos tropeços e alcançou a rua com estardalhaço. Parou e olhou para trás. Alguém teria acordado? Não parecia. A janela do quarto dos pais da moça continuava fechada e a luz apagada. Da calçada examinou a parte externa da casa. Como veria a janela da amada? Deu a volta no quarteirão, mas as outras casas a escondiam. De repente, parou pensativo diante de uma residência com telhado direto na calçada. Bastaria subir o muro e alcançar o telhado; lá de cima avistaria a janela. Mas... e se caísse? Cinco ou seis metros, um precipício! O choque com a pedra fria da calçada o mataria. Porém, "se tenho que morrer um dia, que seja hoje, depois de olhar a janela da mulher amada". Ele utilizaria algumas saliências do muro ao lado; escalaria tudo como um gato; em pouco tempo estaria em cima do telhado. Não foi fácil, mas chegou ao topo. Como ficar em pé para enxergar melhor? Como se equilibrar? Não havia em que se apoiar. Mas, a emoção era muito grande, nada mais importava. Foi ficando em pé... devagar... até que viu, todo contente e radiante, a janela da mulher amada! Lágrimas brotaram de seus olhos. Que lindo... Desequilibrou-se. E se estatelou ruidosamente na calçada de pedra.

Muitos anos mais tarde, ao invadir os sonhos de Isadora Solitude na Europa, eu haveria de compreender o alcance e o significado da janela e da queda. Agora, no entanto, eu estava plenamente absorvido pelas consequências do último acidente – o de automóvel.

Justifiquei para a mulher com quem eu era casado: acidentes acontecem, amor. Mas ela traçou em nossa cama de casal uma linha divisória imaginária e separou para sempre nossos territórios. Assim acabou o casamento.

Não sei bem por que estou falando dessas adversidades aos senhores. A história de minhas viagens a Belém do Pará nada tem a ver com as minhas irresponsabilidades, com os meus acidentes e nem com os problemas de relacionamento com minha ex-mulher. Mesmo a história de amor que eu viveria naquela cidade é secundária em relação às minhas aventuras no Norte do país.

Secundária?! Não, senhores. Essas aventuras sim: elas são as coadjuvantes do enredo, e não o contrário.

Dizem que os momentos de amor são os mais valiosos da vida. Então, por que sofremos tanto para vivê-los? O amor é *quase uma dor*, diz a música.

Não: o amor *é uma verdadeira dor*. Certo poeta até declamava: *ah o amor... que nasce não sei onde, vem não sei como e dói não sei porque...*

Ainda convalescendo do acidente de automóvel, eu estava em fase de separação da mulher com quem eu então vivia. Acidentado e mal amado, tentem imaginar como estava funcionando a minha cabeça... É fácil viver sem ódio, não? Tentem viver sem amor! Meus dois desastres, idiotas e desnecessários, provam como essa ausência pode ser devastadora. Não fosse por Isadora, que em Belém do Pará me apareceu quando eu mais precisava, em pouco tempo eu morreria em algum outro desastre. Sempre que penso nela, fecho os olhos de saudades. Mia Couto diz que a saudade é uma tatuagem na alma: só nos livramos dela perdendo um pedaço de nós. Eu aprenderia por experiência própria que a saudade pode ser muito mais do que isso; pode ser uma *ferida* que cresce, comprometendo não só um pedaço de nós, mas toda a nossa alma.

4.

No começo da década de 1970 um crime abalou a cidade de Belém do Pará. O nome da vítima, com sete anos de idade, foi "protegido" – não divulgaram senão suas iniciais: I.L.M. Apesar dessa precaução, não houve quem da família e das vizinhanças não ficasse sabendo até dos detalhes mais hediondos. Todos olhavam a pequena vítima com pena e comiseração, exceto um homem das proximidades. Nos crimes sexuais há sempre quem culpe a vítima; e o pior: há aqueles que se sentem sexualmente atraídos por ela – ainda que seja uma criança pequena.

O crime ocorreu provavelmente no mês de janeiro ou fevereiro, pois as gigantescas mangueiras que sombreiam as ruas de Belém sujavam as calçadas com os abundantes frutos maduros que explodiam pelo chão aqui e ali. Foi quando os programas de rádio e as colunas policiais da imprensa local passaram a alardear a história de I.L.M.

A menina acompanhava seus irmãos menores quando foi abordada por um indivíduo alto e forte, de cor parda, cabelos crespos, entre trinta e cinco e quarenta anos de idade. Ele ordenou a ela que o seguisse de forma tão ameaçadora, que a menina não viu como não obedecê-lo. Uma única pessoa entre todas com quem cruzaram a seguir pelas ruas suspeitaria do comportamento daquele anormal, e foi apenas isso que a salvou da morte. I.L.M. largou os irmãos pequenos diante da casa em que moravam e acompanhou o criminoso. Seguidos sem perceber, fizeram parte do trajeto a pé e parte de ônibus, até um estábulo não muito distante dali.

Quando os dois entraram naquele local, o olhar de lascívia que o criminoso lançou à menina assustou-a de tal maneira, que ela tentou então uma fuga desesperada, mas sem sucesso. Recebeu uma bofetada no rosto e desabou sobre o esterco que servia de cama para o gado. Ainda atordoada, antes que pudesse gritar por socorro, o criminoso encheu-lhe a boca com toda a bosta de vaca que pôde reunir no chão imundo à sua volta. As pequenas narinas da menina tornaram-se insuficientes para aspirar o oxigênio de que necessitava. Arregalados pelo medo e pela asfixia, seus olhos escuros se agigantaram como músculos em expansão e sobressaíram no seu rosto de criança. Naquela movimentação de quem luta para sobreviver cada segundo, cada centésimo de segundo que for possível, lá estava ela a espernear e a se debater: boca cheia de bosta, pele rubra, veias azuis dilatadas e ondas salgadas que revoluteavam em seus olhos arregalados. Mesmo no desespero de quem percebe e sabe que vai morrer, I.L.M. não conseguiu senão emitir sons abafados. Ninguém a ouviu ou a ouviria, exceto o criminoso, que em sua excitação animal, em seu delírio alucinado, passou a rasgar todas as roupas da criança e a esbofeteá-la. A nudez daquele pequeno corpo de pele alva tingiu-se de cor-de-rosa, pela mistura do sangue às lágrimas da menina.

Repentinamente, se sobrepondo a toda violência e dor do espancamento, I.L.M. sentiu a penetração de um membro muito maior do que seu corpo poderia absorver sem danos. Foi como se a escuridão de suas entranhas fosse arrombada por um tronco de árvore incandescente, que passasse a entrar e a sair rasgando e queimando tudo. O sangue misturado à carne dilacerada lubrificou a cópula.

Com I.L.M. desmaiada de dor nos braços do criminoso, tudo indicava que o estupro culminaria no assassinato da vítima. Depois do orgasmo, o facínora certamente mataria o pequeno e frágil objeto de sua satisfação. Mas o desenrolar dos acontecimentos havia sido em parte acompanhado pelo olhar atento de um menino das vizinhanças. Ele suspeitou logo de início do comportamento do agressor, seguindo-o de longe e à vítima até o estábulo.

Ao perceber o que se passava, retornou esbaforido para buscar a ajuda de populares. O estuprador quase foi linchado, mas já era tarde demais; os ferimentos físicos da menina cicatrizariam, mas não os de sua alma.

Com hematomas e fraturas por todo o corpo, I.L.M., cujas possibilidades de vir a ser mãe desapareceram para sempre, demorou alguns meses para se recuperar. Para preservá-la todos evitavam tocar no assunto ou dar-lhe explicações mais detalhadas. E o resultado foi que ela ficou sem entender o que havia acontecido; só muito mais tarde compreenderia tudo. Inclusive os abusos sexuais que se seguiram àquele primeiro ataque.

Pouco depois de sua recuperação física, como se tivesse sido marcada por uma espécie de sina, outro anormal a vitimaria. Alguém que frequentava sua família, gozando da confiança de todos, passaria a abusar sexualmente dela. Excitado com a história de sexo e violência, o novo algoz não teve nenhum escrúpulo ao submeter a menina a mais abusos, coagida mediante graves ameaças. É bem possível que acreditasse não estar cometendo um crime tão grave; afinal, a menina não era mais virgem...

E assim I.L.M. haveria de ser novamente violada; desta vez, porém, não seria penetrada senão pelos dedos do criminoso.

5.

Com o meu acidente de automóvel, depois de permanecer estirado em uma cama por exatos cinquenta dias, comecei a me locomover de muletas. Proibido de sentar, só podia permanecer em pé ou deitado, impedido de dobrar ou movimentar as articulações do quadril, junto à cabeça do fêmur. Quando ficava cansado e com dor eu me estendia sobre um sofá e relaxava. Precisava manter minha vida e minhas responsabilidades; logo retornei ao trabalho. Adaptei uma máquina de escrever sobre uma estante e datilografava de pé.

Desde 1983 eu prestava serviços para o Grupo Avanhandava, comandado pelo velho dr. Eduardo Botana, a quem sempre serei agradecido por ter mandado pagar todas as minhas despesas sem nem ver a quanto montariam. Também serei grato a ele por ter me encarregado da tarefa que me levaria a conhecer Belém do Pará. Eu nunca mais seria o mesmo.

Fui contratado pelo dr. Eduardo para regularizar a situação jurídica de uma grande área de terras: 400 mil hectares em Oeiras do Pará, bem à frente da Ilha do Marajó. Se tivesse êxito, receberia em pagamento de meus honorários advocatícios dez por cento da área – quarenta mil hectares de terras! É muito chão; venderia a maior parte e ainda conservaria uma enorme fazenda para criar búfalos em consórcio com a cultura do açaí. Se tivesse êxito – sonhava – eu ficaria muito rico. Anos depois, quando acordei desses sonhos, continuava tão remediado quanto antes. Meu espírito, entretanto, havia se enriquecido de forma extraordinária, como os senhores concluirão ao longo de minha história.

6.

(Fragmento do prontuário médico de Pérsio Ângelo da Silveira)

Sob o ponto de vista clínico, Pérsio tem sido um dos mais importantes pacientes de nossa equipe, pois desenvolveu uma síndrome rara que vem sendo investigada desde a última metade do século XX pelos mais importantes estudiosos da moderna psiquiatria.

Durante mais de trinta anos temos analisado cuidadosamente o desenvolvimento dessa síndrome em Pérsio. Contudo, diante dos acontecimentos do mês de julho passado, foi preciso deslocar vários membros da equipe para Belém do Pará, onde nosso paciente permanece preso.

O Instituto alugou uma cobertura de cerca de 350 metros quadrados, onde seis de nossos mais experientes psiquiatras estão instalados. Temos feito entrevistas diárias com Pérsio, junto ao Distrito Policial de Nazaré, esperando não só elucidar os fatos, mas também colher informações cruciais quanto ao desenvolvimento de sua doença mental.

7.

Quando aceitei o convite do dr. Eduardo, ele mandou chamar na mesma hora um dos diretores do Grupo, Vittorio Brandini de Barros, que chegou e entrou circunspecto na sala, com um jeito cauteloso e desconfiado. O dr. Eduardo o cumprimentou efusivamente, com uma alegria incomum, e indicou-lhe um lugar para sentar à mesa conosco.

– Pois é, Pérsio, você já conhece o Vittorio, mas antes de eu explicar por que estou colocando ele no caso, preciso fazer uma pequena introdução: lá se vão mais de cinquenta anos desde o dia em que resolvi montar no fundo do quintal de minha avó uma fábrica de anzóis e dei os primeiros passos para construir o Grupo Avanhandava, hoje com mais de quarenta empresas, entre metalúrgicas, confecções, transportadoras e agropecuárias. Tive várias lições durante a vida e uma delas foi quanto às pessoas que eu deveria ter no comando de minha organização, considerando que eu não podia controlar tudo sozinho, o que seria o ideal. Você sabe qual é o segredo para escolher as pessoas certas, Pérsio?

– Não, dr. Eduardo, nem imagino.

– Pois então ponha na sua cabeça, rapaz! Devemos procurar pessoas de todos os tipos. Se sua organização tiver no comando um conjunto homogêneo, quebrará. Mesmo que sejam pessoas certinhas, organizadas e direitinhas, pode ter certeza: vai quebrar. Se tiver apenas gênios e estrelas, vai quebrar mais rápido ainda. A diversidade é a chave de tudo; você tem que ter todo o tipo de gente na direção do negócio. Tem que ter até uns *porras-loucas*, entende?

– Como assim, dr. Eduardo?

– Sim senhor. Toda organização que se preze tem que ter pelo menos um porra-louca, e o nosso é esse aí – disse sério, apontando para Vittorio, que pigarreou e se ajeitou na cadeira, como se não soubesse se ria ou se protestava. – Não adianta lutar contra isso, Pérsio, pois existem certas coisas que só funcionam nas mãos de alguém como esse aí, o nosso porra-louca! – e caiu na gargalhada.

Olhei para Vittorio e também ri, especialmente porque vi meu futuro parceiro de viagens mais aliviado. Até então, ele nem imaginava o que o esperava. O "patrão", como todos chamavam o dr. Eduardo, era um homem imprevisível e nunca se sabia o que poderia inventar: para o bem ou para o mal.

– Pois é – prosseguiu o dr. Eduardo, dando uma baforada em seu cachimbo –, já tentamos de tudo para regularizar aquelas terras, mas no Norte as coisas nem sempre funcionam do jeito que se imagina. Por isso estou designando o nosso porra-louca para viajar com você e ajudá-lo em tudo o que for preciso. Só peço que mantenha um pouco de controle sobre ele, pois eu não consigo vigiá-lo daqui de São Paulo, e ele só apronta. Seu trabalho, Pérsio, vai exigir que segure as rédeas de Vittorio, para que ele não invente todas as bebedeiras e farras que costuma inventar com a mulherada do Norte. Não há ninguém tão sem juízo nesta organização, de modo que você fica responsável por ele também. E lembrem-se os dois: vocês não estarão lá de férias; tratem de trabalhar bastante. Pelo amor de Deus!

8.

Em março de 1986, eu e Vittorio saímos para Belém do Pará em um voo comercial que repetiríamos com frequência, a partir de Guarulhos. Já estava escurecendo quando o avião levantou voo; poucas horas mais tarde sobrevoávamos o sul do Pará, que já impressionava pela quantidade de queimadas que se via aqui e ali sobre a selva. Em meados daquela década as florestas davam lugar às pastagens da região. Comentei algo sobre isso com Vittorio, contando-lhe o que havia visto em uma viagem de anos antes para Redenção, no avião particular do Grupo Avanhandava; mas Vittorio não pensava como eu:

– Sejamos práticos, Pérsio. Haverá mulheres no mundo mesmo depois de derrubada a última árvore, abatido o último cervo, caçado o último pássaro e capturado o último peixe. Então, vamos deixar para nos preocupar quando desaparecer a última mulher. Aí sim a vida terrestre vai ficar inviável.

Passamos a conversar sobre o trabalho que nos esperava e que, circunstancialmente, nos garantiria muito tempo livre pela cidade. Almoçaríamos com profissionais da região e também participaríamos de diversas reuniões, mas não perderíamos com isso senão duas ou no máximo três horas em cada dia. E assim, teríamos momentos vagos para dormir até mais tarde pelas manhãs, podendo, por isso – eu nos meus trinta e quatro anos e Vittorio nos seus quarenta e quatro – usufruir melhor a movimentada vida noturna de Belém.

Ao chegar à cidade naquela primeira noite, ainda fazíamos um pouco de cerimônia um com o outro, de modo que procuramos não revelar tão cedo o lado boêmio de cada um. Sem nenhuma escala em bares ou restaurantes, fomos diretamente para o Hotel Equatorial, que nos hospedaria em todas as viagens que faríamos a partir de então. (Nos últimos anos esse hotel sofreu diversas modificações. Funciona hoje com o nome de Belém Soft Hotel, de categoria econômica, voltada ao turismo de negócios.)

No dia seguinte tivemos uma primeira reunião no Instituto de Terras do Pará, a fim de traçar os caminhos para a regularização das terras de Oeiras. Essa parte diz respeito ao trabalho diurno; quanto à movimentação noturna, a história foi bem mais divertida.

9.

Eu ainda estava de muletas, com dificuldades de locomoção. Mesmo assim, na noite seguinte à nossa chegada fomos assistir a espetáculos musicais no Hotel Hilton, então o lugar mais concorrido de Belém. Sentamos em uma mesa no restaurante e Vittorio logo começou a conversar com umas moças que aguardavam um dos shows na mesa ao lado. Ele envolvia as mulheres com a elegância de um príncipe, a simplicidade de um poeta e a má intenção de um lobo. Com esses ingredientes, em pouco tempo uma comitiva de moças nos acompanhava ao salão de espetáculos do hotel. Paramos diante de uma escadaria, entreguei as muletas para Vittorio e comecei a descer segurando os corrimões com as duas mãos e pulando degrau por degrau com um pé só. Estacionei logo depois do último degrau, mas, como uma bicicleta à qual faltasse uma das rodas, não tinha como ir adiante: de tão absorto com as moças, Vittorio desaparecera com as minhas muletas. Imaginei que perderia a primeira festa daquela viagem abandonado no saguão durante a noite inteira; felizmente, meu parceiro não era tão distraído assim, e logo retornou para me resgatar.

Assistimos ao Wilson Simonal. Afastado das gravadoras, das rádios e televisões, ele se apresentava na época pelo país inteiro. Também encontramos muitos outros artistas circulando por Belém, entre eles Lúcio Mauro (pai), Miele, Zizi Possi e Jerry Adriani. Findo o show, sentei em uma cadeira de rodas que providenciaram para mim, e fomos para a boate do hotel. As pessoas abriam caminho na pista de dança lotada, evitando atrapalhar minha trajetória; eu sentia que todos me olhavam como se eu estivesse preso para sempre a uma cadeira de rodas. Eram-me solidários e solícitos, embora não conseguissem disfarçar a constrangedora expressão de pena que sempre estampavam nos seus rostos. Alguns são tão solidários, que até incomodam. Outros preferem nem olhar, sentindo um desconforto trágico pelo infortúnio que representamos. Outros, ainda, são espantosamente naturais. Pitato, um pescador do Juqueí, no litoral norte de São Paulo, me perguntou um dia em um bar na beira da praia: *Comé qu'ocê ficô assim inutilizado? Tenho um genro que também é inútil...* A imensa maioria das pessoas, todavia, finge não notar a deficiência; evita comentários, agindo como se o assunto fosse proibido. Surpreendeu-me, nesse período, o comportamento feminino diante de minhas dificuldades físicas. As moças não esperavam que eu me levantasse para tomar iniciativas de conquistas: bastava que eu olhasse na direção delas, e logo se aproximavam. Naquela noite Isadora cantava e uma banda a acompanhava. Parei um instante à frente do palco e a olhei de cima a baixo. Estava linda, mas não seria aí que nós nos conheceríamos, embora ela tenha reparado em mim já naquela noite. "Coitado; tão moço e bonito, mas aleijado."

Vittorio possuía boas relações em Belém, de modo que logo circulávamos com liberdade pelo *jet-set* belenense. (*Jet-set*! Ainda se usa essa expressão?) Permanecemos ali no Hilton até umas três horas da manhã e fomos direto para a Lapinha, então a mais animada casa de shows da cidade. Nela se misturavam jovens, velhos, gente humilde, gente de posses, prostitutas, travestis e mulheres de família – gordas, magras, belas e feias.

Vindos de um lugar grandioso e rico como São Paulo, Vittorio e eu agitávamos a mulherada local. Para completar, ele estava na idade do lobo e isso as atraía. Quanto a mim, acho que despertava algum instinto maternal por causa de minha aparência de pobre moço aleijado. As mulheres da região, como em todo o Norte do país, representam uma mistura das peles branca, negra e vermelha; seus rostos são angulosos, os olhos negros, os cabelos bem pretos, ondulados ou escorridos, e brilhantes; a pele é bronzeada por natureza. Atraentes, estão sempre em estado de fervura, como as águas que descem pelas encostas dos vulcões. *Mujeres mui calientes*, dizia um amigo mexicano. Apaixonava-me perdidamente por uma delas a cada instante. Ao acordar no dia seguinte, a paixão se esvaía, e eu partia sem remorsos para outra conquista. Depois, ao retornar a São Paulo, traçava um pequeno sinal em minha cama de recém-separado, imitando o pistoleiro que marca o cabo do revólver toda vez que abate em duelo um adversário. Precisei ser abatido por Isadora para perceber, anos e anos depois, que eu não passava de um bobalhão.

10.

Na segunda metade dos anos 1970, quando Antenor se viu acidentado, por atropelamento, e sem condições para trabalhar e sustentar a numerosa família que tinha, sua mulher passou a preparar alimentos e peças de artesanato para que os filhos pequenos vendessem nas ruas de Belém. Ainda criança, com nove ou dez anos, Isadora trabalhava todos os dias para ajudar no orçamento doméstico. Entretanto, como possuía uma memória prodigiosa para decorar e guardar as letras das músicas, ela já começava a revelar sua verdadeira vocação nas reuniões familiares, nos serões e nas rodas de violão. Todos queriam tê-la por perto, pois Isadora não só indicava a letra das canções como também liderava as cantorias com a voz que mais tarde se revelaria grave, mas aquecida por um incomum timbre de contralto. E assim ela foi se profissionalizando. Não tinha nem quinze anos, mas se apresentava em diversos eventos, fazia bastante sucesso e começava a ficar conhecida em Belém. Isso não agradava nem um pouco a seu namorado de então, Duarte Bispo dos Santos, que dela sentia ciúmes doentios, exageradamente perigosos.

Uma noite em que Isadora se apresentou em um show beneficente, ele retirou-a do local de maneira agressiva, aos trancos e empurrões, reclamando de seu comportamento e da forma como se comunicava com o público: muito à vontade e íntima, como se fosse uma vadia... Ela ficou nervosa, pois os ciúmes ensandecidos de Duarte sempre a alarmavam. Ele ficava fora de si e não se sabia o que poderia provocar. Ainda assim Isadora entrou no carro e, quando imaginou que ele havia se acalmado, presenteou-o com um sorriso cheio de calor, perguntando-lhe carinhosamente: – Aonde tu queres ir para conversar, meu amor? Ele a olhou de forma enigmática e respondeu com raiva, os dentes cerrados: – Desejas ser cantora, não? Pois vou levar-te para cantar no inferno!

Os pneus do automóvel solfejaram longamente, parecendo a soprano de uma ópera. Sobreveio um som semelhante ao de uma exibição de violinos enérgicos; o carro emergiu da fumaça de borracha queimada e arrancou enlouquecido, iniciando uma roleta-russa. Determinado como um falcão em mergulho, atravessou acelerando ao máximo duas das mais movimentadas avenidas de Icoaraci, sem falar nas diversas transversais que foi cortando uma a uma em uma cegueira tão desvairada quanto a de um morcego repentinamente surdo, privado de seu sistema de radar. Ao cruzar uma rodovia, atingiu em cheio um caminhão que também vinha em alta velocidade. Depois do estrondo, do barulho de trovão... o capotamento. O carro ficou destruído, mas não explodiu. Isadora permaneceu presa nas ferragens, das quais só seria libertada quase três horas depois, com várias fraturas no corpo, inclusive na face e no maxilar. Duarte foi expelido para fora do veículo, mas só morreria anos depois: assassinado em uma briga de bar.

As dores físicas que Isadora sentiu nos meses seguintes ao desastre não significaram nada em comparação ao sofrimento provocado pelos urros de cólera que ouviu de Duarte, internado no andar de baixo do mesmo hospital. Ao saber que ela não havia morrido no acidente, ele gritou e chorou de surpresa e de ódio por quase uma hora seguida. A sensação de Isadora foi bem diferente daquela que se tem quando se é abandonado pela pessoa amada. Não se tratava de um simples abandono – a pessoa amada *queria vê-la morta!*

11.

Em uma das muitas viagens que fizemos a Belém, fomos até as terras de Oeiras do Pará, cidade fundada por jesuítas junto ao rio Araticu por volta de 1650. O nome surgiu no tempo do marquês de Pombal, que em 1758, ao expulsar os jesuítas do povoado, ali instalou um pelourinho destinado a torturas públicas e impôs o nome Oeiras, copiado de uma cidade portuguesa. Dava sequência, assim, à ideia de nomear inúmeros povoados do Grão-Pará, atual estado do Pará, com nomes tirados de antigas cidades portuguesas, a exemplo de Alenquer, Santarém, Óbidos e até Belém, entre outros.

A viagem que se fazia pela baía do Guajará e por vários rios da bacia amazônica exigia pelo menos vinte horas em redários lotados nos salões de grandes e lentas embarcações. Vittorio sugeriu o aluguel de um pequeno avião, mas lembrei que os aviões da Amazônia estavam sempre desmantelados, amarrados com arames, sem manutenção ou revisão adequadas:

– Já dispensei as muletas, mas isso não quer dizer que eu possa encarar essas aventuras, Vittorio. Ainda dependo desta bengala, meu caro, e não quero correr risco nesses aviõezinhos mequetrefes.

– Ah, Pérsio, você acha que eu sou algum irresponsável? Acha que não tenho família e responsabilidades? Entendo de aviões; sempre os examino antes de alugá-los, não engulo qualquer porcaria. Deixa comigo. Vou ao aeroporto, escolho o aparelho, acerto o preço, o horário, e amanhã voamos para Oeiras, ok?

No dia seguinte, logo que chegamos ao aeroporto percebi que havíamos entrado em uma fria. Cutuquei baixinho meu parceiro:

– Vittorio, você examinou o avião, mas e o piloto? É esse velhinho que vai nos levar?

– Pérsio, o cara tem mais de duzentas mil horas de voo! Ninguém dá nada pra ele, mas é o piloto mais experiente de toda a Amazônia. Pode confiar! Fique tranquilo.

Fomos para a pista e logo notei que o avião era velho e de má aparência; estrilei de imediato, mas Vittorio argumentou:

– Eu mesmo testei os equipamentos e acessórios. O que vale é o motor e os instrumentos; a aparência é o de menos.

12.

Levantamos voo com o piloto a gargantear seu imenso repertório de piadas sujas e sem graça. E eu ia admirando toda aquela água da baía do Guajará, abaixo de nós, enquanto a cidade se distanciava sob o ronco do avião. A paisagem era água, floresta e céu; céu, floresta e água. Naqueles momentos eu já havia conhecido Isadora, de modo que só ela cabia em meus pensamentos. Não havia espaço para pensar em mais nada; as nuvens deixavam de ser nuvens, transformavam-se na mulher amada; o horizonte tornava-se a mulher amada...

Mas uma esfera preta, duas vezes uma bola de futebol, caiu repentinamente das nuvens, passando veloz ao lado do avião. Mais outra caiu, e mais outra. Olhei assustado para frente: havíamos entrado bem no meio de um bando de urubus aterrorizados, que voavam para cá e para lá, feito corrida de tartarugas aladas. Na dianteira da aeronave, o piloto e Vittorio pareciam tão assustados quanto os pássaros. Felizmente, Matuzalém (apelido que surgiu espontaneamente para o tal piloto) deu uma guinada para o lado com o manche e conseguimos nos afastar. Com a proximidade do barulho do avião, os urubus recolhiam as asas, se encolhiam e caíam como pedras, reabrindo as asas somente quando se sentiam seguros, distantes do ruído do motor. Nunca imaginei que veria esses pássaros caírem do céu como uma chuva de meteoros. Mas ainda me defrontaria com outras dificuldades naquele mesmo dia.

Prosseguimos sobre a baía do Guajará e os rios que nela desaguam, margeados por matas, florestas e manguezais que se perdiam de vista. Sobre a imensidão daquelas águas da bacia amazônica, eu pensava comigo: Saramago diz que o mar é o princípio e o fim de tudo, mas não é verdade. Tudo se principia com as nascentes, que formam os rios, lagos, mares e oceanos. Perseu, meu xará, decepou a cabeça de Medusa antes que fosse transformado em pedra; o sangue dela escorreu pela *nascente* dos oceanos e da mistura nasceu Pégaso, o cavalo alado que mais tarde seria transformado por Zeus em uma constelação do hemisfério norte. Essa é a prova de que até mesmo as estrelas e as constelações principiam com as nascentes!

Sobrevoamos várias das 39 ilhas fluviais que fazem parte do município de Belém. Vittorio mostrou-me primeiramente a Ilha de Combu, explicando que pequenos e rústicos restaurantes recebiam uma boa quantidade de turistas durante os fins de semana. Além da comida típica, se encarregavam de um pequeno passeio por uma trilha de floresta amazônica com espécies nativas. Muitos anos depois, em 2012, eu haveria de tomar uma pequena embarcação para almoçar num restaurante com um nome de música paulista, Saudosa Maloca, e saborear um belo peixe grelhado à moda indígena, com molho de tucupi, arroz de jambu e farofa d'água. Sobrevoamos também a Ilha dos Papagaios e Vittorio comentou que se trata de um imenso dormitório de aves, que juntas promovem revoadas escandalosas pela Amazônia, tanto no amanhecer, quando partem para viver o dia, como no entardecer, quando retornam e se recolhem para dormir.

13.

Chegamos à região de Oeiras, próxima ao lado sul da Ilha do Marajó, e visualizamos parte das terras do Grupo Avanhandava, com meu parceiro apontando os rios que serviam de divisas naturais da área. Seguia conosco no avião – até ia me esquecendo de contar, caros senhores – um amigo, Jânio, que tinha interesse em estudar projetos de incentivos fiscais. Ele explicou que aquelas terras poderiam abrigar um projeto grandioso de cultura do dendê. Logo pensei nos alagados para os búfalos, que ao serem criados de forma consorciada com as plantações representariam uma boa forma de aproveitamento da área. Mas não pensei em dendê, que é uma palmeira nativa da África e que produz o óleo tão utilizado na culinária baiana; pensei no açaizeiro, que cresce em todo o Pará, estado que hoje produz cerca de 90% do açaí que se consome em todo o mundo. Lembrei-me da Feira do Açaí, nos arredores do Ver-o-Peso, com centenas de cestos de palha cheios desse fruto roxo, quase preto, de cuja polpa os paraenses extraem o "vinho de açaí" e o misturam à farinha de tapioca, formando o alimento principal das populações mais pobres de todo o Pará.

Conversávamos sobre isso quando sobrevoamos Oeiras, uma aldeia minúscula, perdida no meio dos manguezais amazônicos, à beira do rio imenso. Matuzalém questionou Vittorio:

– O mato na pista está alto, hein? Vamos arriscar?

– Lógico! Já desci nessa pista em condições muito piores, quer que eu assuma a pilotagem?

– Não, não... – engolindo em seco. – Eu só estava brincando, vamos lá.

A pequena aeronave deu com as rodas no chão e foi corcoveando que nem boi de rodeio; não fossem os cintos de segurança, bateríamos as cabeças no teto. Como se não bastasse o matagal, havia buracos, depressões e lombadas de todos os tamanhos e formatos. O sacolejo foi tão grande que o rádio se desprendeu do painel e veio parar no colo de Vittorio. O motor morreu e ficamos no meio do pasto, com Matuzalém tentando e tentando dar novamente a partida. O avião estava mesmo quebrado, e não havia como chamar socorro pelo rádio, sobre as pernas de meu parceiro. Eu imaginava que não escaparíamos de enfrentar as vinte e tantas horas até Belém de barco, quando o velho piloto afirmou confiante:

– Não se preocupem. Também sou mecânico de aviões; em uma hora ele estará consertado!

Essa demonstração de confiança em si seria um alívio se não se tratasse de alguém como Matuzalém, cuja credibilidade nas últimas duas horas havia atingido um nível bem próximo ao da moeda de então, o cruzado do Governo Sarney. Deixamos o avião, o piloto, e fomos a pé para a cidade, um simples núcleo de pescadores.

– Poxa, Vittorio – disse eu. – Você inventou esse avião mambembe, guiado por um sujeito que poderia ser nosso bisavô. Agora vamos ter que confiar nele como mecânico também? Quando passará um barco por aqui? Preciso estar em São Paulo na segunda-feira cedo, caramba.

– Pérsio do céu! Para de esquentar a cabeça! Você está conhecendo Oeiras do Pará, meu caro, e isso não acontece todo o dia na vida de alguém! Nosso piloto-mecânico vai dar um jeito em tudo: hoje à noite estaremos na boate do Hilton sãos e salvos. Relaxa, pô! Vou levá-lo à pensão da Maria e você vai ver que almoço ela vai nos preparar.

14.

Vittorio praticamente havia morado em Belém e em Oeiras por vários anos, durante os quais fez um trabalho notável para comprar as posses que compunham aquele conjunto de terras a serem regularizadas. Como negociador do Grupo Avanhandava ele ia de posseiro em posseiro para ajustar as aquisições. Ficava amigo da família, das crianças, do cachorro, do papagaio... tomava muita cachaça, tocava violão e fazia cantorias. Era raro, mas em algumas vezes as negociações malogravam. Chegou mesmo a encarar vários canos de revólveres e de espingardas na cara – porque o pessoal do Norte é bravo.

Não havia em Oeiras nenhuma rua asfaltada, todas eram de terra batida.[1]* Passamos pela pensão e avisamos que almoçaríamos os quatro: Vittorio, Jânio, Matuzalém e eu. Um empregado do Grupo, encarregado das terras, veio nos encontrar e nos levou em uma voadeira pelo rio Araticu. Vigiados por palafitas em pontos esparsos das margens, circulamos por todo um mundo de águas, ora navegando na largueza do rio imenso, ora na estreiteza de igarapés sombreados por gigantescas árvores de mangue.

Ao retornar para o povoado, entramos em uma palafita travestida de bar; o ambiente era escuro, oferecendo uma proteção eficiente contra o calor de churrasqueira que nos maltratava sem piedade. Vittorio, Jânio e eu sentamos junto ao balcão fabricado com tábuas de construção usadas, ainda marcadas por cimento seco, e pedimos uma *cerpinha* para cada um de nós. Fechamos os olhos enquanto aquela cerveja despencava gelada pelas nossas goelas e apagava o incêndio que nos consumia por dentro. Naquele calor, igualado no Brasil apenas pela caatinga do sertão do Piauí, bebíamos cervejas que pareciam vindas da Antártida.

(A melhor cerveja que se servia no Pará daquele tempo era mesmo a *cerpinha*, da cervejaria Cerpa – Cerveja do Pará. Em garrafas *long neck* elas conservavam a temperatura e eram melhores do que em qualquer lugar do mundo, pois estavam próximas do local de fabricação. E por causa do calor contínuo da região, ninguém se atrevia a servi-las sem que estivessem trincando de geladas. Nunca tivemos problemas com a temperatura das *cerpinhas*.)

Almoçamos na pensão da Maria: arroz branco, feijão-mulato, farofa d'água, capote frito, salada de folhas e pitu, que é uma espécie de lagostim ou camarão de água doce, com o nome tupi – casca escura. Poucas vezes comi tão bem em toda minha vida, embora não se tratasse, propriamente, de uma refeição típica do Norte do país – exceto, é claro, pela farofa d'água, pois o capote frito, que no Sul chamamos de galinha-d'angola, é da cozi-

---

* As notas estão agrupadas no fim do volume, p. 159.

nha tradicional do Piauí, região Nordeste. Quanto à farofa d'água, separei a receita para colecionar. É um prato fantástico, com base na farinha de uarini – mandioca amarela apodrecida em água, espremida, peneirada e deixada para secar. Aqui está, de presente para vocês, meus caros psiquiatras, uma cópia do meu caderno de receitas, com os pratos que colecionei naqueles tempos. A farofa d'água é a receita de número 1 desse caderno. Garanto que vão gostar de conhecer a culinária regional do Norte do país, última moda entre os *chefs* mais importantes do mundo.* Aliás, esta minha história de amor ficaria seriamente comprometida se eu não revelasse, com ela, os principais segredos gastronômicos que desvendei em meus tempos de Belém. Sem algumas das principais receitas que obtive secretamente a história ficaria insossa e incompleta.

O piloto Matuzalém almoçou conosco, animado porque havia conseguido consertar o avião; ficaríamos sem rádio, mas o funcionamento do motor ele garantia. Cutuquei Vittorio e sussurrei:

– De quem cobraremos a garantia se o conserto não der certo?

– Psiu... O cara é mecânico de aviões, Pérsio... um dos melhores da Amazônia; não esquenta a cabeça, caramba!

Depois do almoço voltamos para Belém. O rádio não tinha chance de conserto; saímos por aquela pista horrorosa, um matagal cheio de buracos, e levantamos voo. O alarme de estol disparou estridente: poin! poin! poin! poin!... fiquei aterrorizado. Ocorreu-me que cairíamos sobre a aldeia, mas o piloto fez algo que deu certo; o alarme sossegou e o avião voou tranquilo.

Quando sobrevoávamos as adjacências do Aeroporto Internacional de Belém, Matuzalém nos deu outro susto para completar a aventura:

– Estamos próximos do Val-de-Cans; sem rádio, precisamos ficar atentos para não entrar na rota de algum jato. Olhem para todos os cantos do céu...

O quê? – pensei – vamos ter que prestar a atenção para ver se não surge um Airbus ou um Boeing para cima de nós? É brincadeira?

---

* O caderno a que se refere Pérsio está inteiramente reproduzido no final deste livro. Dele constam diversas das receitas de pratos mencionados na narrativa.

Mas a coisa era séria; ficamos os quatro olhando para cada centímetro de céu que víamos à nossa frente, atentos e preocupados. Não surgiu nenhum jato e a profecia de Vittorio se realizou: à noite lá estávamos nós na boate do Hilton. Sãos e salvos.

15.

A respeito do Hotel Hilton da Belém dos anos 1980, lembro que utilizava, então, em seus guardanapos e descansos de copos, um desenho estilizado do *Muiraquitã*, que é uma espécie de talismã com poderes mágicos e sobrenaturais, além de propriedades terapêuticas. Segundo o folclore paraense, a pessoa que é presenteada com um Muiraquitã usufrui permanentemente de sorte e felicidade, além de saúde, vigor e bem estar físico.

O Pará é um universo gigantesco de tradições que surgiram do contato direto do português com a selva amazônica e com os indígenas que vivem na floresta. Para entender o Pará e sua capital, Belém – e os senhores agora estão tendo uma boa oportunidade de aprendizado –, não basta falar na culinária. É preciso não esquecer também as lendas que enriquecem toda essa cultura. E a lenda dos Muiraquitãs é uma das mais importantes e conhecidas do folclore da região. Escutem:

> Há mais de seiscentos anos vivia junto ao rio Amazonas, nas proximidades dos rios Nhamundá e Tapajós, uma nação de mulheres da etnia icamiabas. Protegidas por Iaci, a lua (considerada a mãe do Muiraquitã), eram guerreiras destemidas, extremamente hábeis no manejo de arco e flexas, lanças e tacapes. Foram apelidadas de amazonas a partir do relato de Francisco Orellana, escrivão de uma esquadra espanhola derrotada por elas no ano de 1540. Diz a lenda que esse apelido – amazonas – deu origem ao nome do maior dos estados brasileiros e também do principal rio do país, antes conhecido como *Mar Dulce*.
>
> Como na mitologia grega, essas mulheres não dependiam dos homens senão para a reprodução. O ritual do acasalamento ocorria uma vez por ano, quando recebiam em suas ocas os índios guacaris, a fim de gerar futuras guerreiras do sexo feminino (os meninos eram sumariamente mortos ao nascer). Depois de manterem as relações sexuais e quando a lua estava quase a pino, as lendárias amazonas seguiam em procissão para o lago mais próximo, onde despejavam potes de perfumes para o banho purificador.

No instante da meia-noite, mergulhavam e retiravam das águas mais profundas as pedras de jade verde, escuro e leitoso, e a argila esverdeada com que esculpiam os Muiraquitãs, quase sempre sob a forma de sapos ou de rãs, pois jacarés e tartarugas, bem mais raros, não despertavam o mesmo mistério. Os Muiraquitãs eram presenteados aos guacaris com uma trança que as amazonas cortavam de seus cabelos para formar um colar. Era um presente de suma importância, pois gerava respeito e prestígio ao guerreiro que o portava, por revelar que ele havia consumado o ato sexual com uma icamiaba, o que se considerava uma honra.

A partir do século XVII, quando foram encontrados os primeiros Muiraquitãs, a lenda se destacou são só pelo fascínio e pelo mistério da pedra de jade, mas também pelo vínculo com a legendária tribo das amazonas, que constitui uma fonte permanente de teses controvertidas de arqueólogos, historiadores, museólogos e colecionadores.

Há anos que o Museu de Santarém exibe uma mostra permanente de Muiraquitãs, mas sabe-se que estes artefatos estão espalhados por outros museus do mundo inteiro, graças ao encantamento que a lenda desperta. Ainda hoje os Muiraquitãs são encontrados na região em que viviam as amazonas e as explicações têm o mesmo viés sobrenatural das histórias de sacis, currupiras e mulas sem cabeça, por exemplo.

16.

Na noite em que conheci Isadora assistíamos à apresentação de sua banda. Eu e ela já estávamos flertando há tempos através de um espelho da boate, optando pela via reflexa em vez dos olhares diretos. Em uma pausa da banda ela passou próxima à nossa mesa, e Vittorio, reparando em minha falta de iniciativa, abordou-a para pedir-lhe que cantasse "As rosas não falam". Ela prometeu que o faria em seguida e ele aproveitou para convidá-la a se sentar conosco antes do retorno da banda. Passamos a conversar sobre música, e Isadora – falando um português no sotaque paraense, que é quase tão cantado como o de Portugal – ia gesticulando com as mãos para cá e para lá, enquanto despertava minha admiração silenciosa. Chamava-me a atenção sua maneira singela de se movimentar alegre, animada, a falar e falar sobre o tema predileto dela e de Vittorio: música. Eu poderia até ficar com algum ciúme dele, mas reparei que ela também me vigiava com o canto dos olhos. Penso hoje naqueles versos de Géraldy: *a gente começa a amar por simples curiosidade, por ter lido num olhar certa possibilidade.* Durante anos ela ocuparia o meu primeiro e o meu último pensamento de cada dia; algo acontecia dentro de mim, como nos poemas de Drummond, Vinicius de Moraes e tantos outros de nossos melhores poetas.

Fecho os olhos, volto no tempo: estamos no quarto 707 do Hotel Equatorial, você e eu, Isadora. Estou descendo com meus beijos pelas suas costas nuas; minhas mãos apertam seu corpo e vão de um canto a outro; você se movimenta devagar, requebra, ainda não quer se entregar. Minhas mãos ficam inquietas, sentem sua pele arrepiada, vão dos seios para a barriga, avançam para sentir seu calor: uma incandescência úmida... Nossas respirações aceleram, os pulmões se enchem, as veias incham, nossos corpos se emaranham; começo a avançar alucinado em tecido escorregadio, estou latejando como se sentisse dor, quero morrer entre as paredes do túnel que se abre para mim. Entro e saio de você inchado e forte: a maciez da carne combinada com a rigidez da madeira. Vou ficando em desespero e começo um galope que me levará a algo semelhante à morte. Estou galopando cada vez mais rápido, cada vez mais alucinado. De repente... como que trespassado por uma flecha, sinto cessarem todos os meus movimentos. Afundo em você, vou me enterrar desesperado no ponto mais longínquo de seu corpo. Um gemido abafado escapa de minha garganta. Nossos líquidos se misturam e é como se uma morte suave e doce nos embalasse. Abraçados, fugimos pelo espaço; a velocidade é muito superior à da luz. Chegamos a algo como a entrada do céu... mas as portas estão fechadas. Batemos palmas, não nos deixam entrar; nossos lábios se encontram no escuro; nossas lágrimas se perdem nos lençóis.

17.

Certo dia aconteceu em Belém a confusão da banda Polegar. Chegávamos ao nosso hotel pouco depois da tempestade de todos os dias, às quatro da tarde. Sabemos como são as tempestades equatoriais: nuvens negras apagam o dia; um aguaceiro despenca chiando e trovejando; relâmpagos piscam como luzes de guerra na noite; um fim de mundo se instala; a chuva cessa de repente; o tempo se abre de alegria; os pássaros recomeçam suas cantorias... E o lugar das nuvens negras é retomado pelo sol, que renasce não apenas no céu, mas nas poças d'água que se estendem pelo chão e em cada gota de chuva dependurada nas folhas das árvores, dos arbustos e das outras plantas.

Naquela tarde havia na avenida Comandante Brás de Aguiar um tumulto geral, com vários ônibus estacionados, trânsito caótico, fotógrafos, repórteres, carros de polícia, e uma multidão de adolescentes a se acotovelar. As portas do hotel estavam fechadas, guardadas por seguranças grandes e fortes; um policial nos contou que uma banda musical de adolescentes, o conjunto Polegar, havia entrado no hotel. Meninas histéricas se descabelavam, se arranhavam e choravam desesperadas. Avançamos através daquela multidão de garotas, eu logo atrás, apoiado em uma bengala. As meninas gritavam:

– Por favor!, por favor!, ajudem, ajudem; precisamos de um autógrafo do Polegar...

Então ouvi Vittorio responder – expressão séria e compenetrada, ar de solidariedade e compreensão:

– Desculpem meninas, mas não posso fazer nada por vocês. Quem pode é esse aí atrás: o da bengala.

E apontando sempre para mim, acrescentou:

– Ele é o empresário da banda, é o mandachuva. Um estalo de seus dedos fará surgir autógrafos de todos os lados, podem ter certeza.

Nem eu e nem os seguranças espalhados pelo local tivemos tempo para esboçar alguma reação. Dezenas de adolescentes avançaram e passaram a gritar em coro:

– Ei, turma, venham ver o empresário do Polegar! O empresário do Polegar!

Formou-se à minha volta uma multidão de meninas, que gritavam como leitoazinhas indo para o abate. Mocinhas de todos os lados partiram para cima de mim, desesperadas, a implorar por autógrafos – meus e dos meninos do Polegar. Fui puxado, abraçado, beijado. Seguranças me arrancaram dos braços da multidão histérica e me jogaram aos trancos para dentro do saguão do hotel. Vittorio ria até não poder mais. Exceto eu, todos aqueles que presenciaram o ocorrido gargalhavam sem pausas para respiração.

18.

Fomos aproveitar o final de tarde na piscina da cobertura. Os polegares brincavam alegres na água, sem se incomodar com o tumulto que a multidão de fãs provocava no térreo. Eu vinha acompanhando a vida de Isadora, que sobrevivia como artista em um ambiente profissional hostil, onde o fracasso era uma regra quase obrigatória; o êxito que aqueles meninos começavam a experimentar aguçava minha curiosidade. Mas era só o início: eles iriam bem mais longe do que era possível imaginar e em pouco tempo fariam sucesso pelo país inteiro, graças a uma hábil manobra de *marketing* do empresário que os havia descoberto. Infelizmente, o sucesso e o insucesso são como botinas que caminham aos pares, uma ao lado da outra. Um daqueles garotinhos se envolveria mais tarde com drogas e assaltos à mão armada, transformando-se em hóspede habitual de importantes penitenciárias de São Paulo. Dos outros nunca mais ouvi falar.

Embora não chegasse ao nível do Hilton de Belém, de padrão bastante superior, o Hotel Equatorial oferecia naquela época bastante conforto e requinte. No restaurante 1900, do primeiro andar, por exemplo, em uma mesa organizada com uma toalha de linho, copos de cristal e talheres de prata, experimentei pela primeira vez pirarucu ao leite de coco, que veio fumegante em uma travessa de porcelana inglesa. Sem falar na variedade de frutas, raízes, verduras, especiarias e condimentos que não se acham senão na selva equatorial amazônica, a culinária amazônica é baseada na cozinha dos indígenas, com toda a riqueza dos pescados das águas escuras dos mais grandiosos rios da face da Terra. O pirarucu é o maior peixe de água doce e de escamas do mundo. Na época da reprodução as escamas de sua cauda ficam vermelhas, de modo que lhe deram um nome tupi, formado por *pira* (peixe) + *urucum* (vermelho).[2] Sua existência se explica por uma lenda, que mostra como ele saiu da terra para os rios da Amazônia e a seguir para as panelas da região.

Certo dia nasceu na Amazônia um pele-vermelha da etnia uaiá a que deram o nome de Pirarucu. Seu pai, Pindarô, era um chefe conhecido pela bondade; mas o filho, ao contrário, era escamoso, ou seja, mesquinho, aproveitador e malvado.

Uma vez, enquanto Pindarô visitava nações vizinhas, Pirarucu capturou vários índios de sua própria aldeia e os matou a sangue-frio, por simples divertimento. Esse episódio provocou a ira de Tupã, que chamou Xandoré – o demônio que odeia os homens – para lançar seus raios sobre o malfeitor.

Pirarucu ainda tentou uma fuga desesperada pela floresta, mas uma árvore caiu sobre sua cabeça, achatando-a, e seu corpo foi levado pela enxurrada para as profundezas do Rio Tocantins. Tupã completou o castigo transformando-o em um peixe de cor avermelhada, grandes escamas e cabeça achatada. Desde então sob essa forma, Pirarucu passou a vaguear sem rumo pelos rios da Amazônia.

19.

O 1900 servia uma comida excelente, mas, ainda assim, frequentávamos com mais assiduidade o bar-restaurante da cobertura, junto ao calor do sol, na beira da piscina. Em 2010 eu constataria, com tristeza, que a piscina e o restaurante da cobertura do hotel tinham sido desativados anos antes. Uma pena, pois a vista no topo do prédio era magnífica. Estendia-se a toda a cidade de Belém, enxergando-se ao longe a selva amazônica, depois das águas da baía do Guajará, formada pelo encontro dos rios Guamá e Acará. No final das tardes as mangueiras imensas da avenida em frente ao prédio começavam a receber pássaros vindos de todos os lados, especialmente as maritacas ou maracanãs, da família dos papagaios e periquitos. Escutando todo aquele alarido da passarada, tomávamos *cerpinhas*, caipirinhas, e saboreávamos camarões grelhados com pimenta-de-cheiro no molho de tucupi. Na mesma proporção em que é desconhecido em boa parte do país, no Norte o tucupi é tão comum como o arroz e feijão do Sul e do Sudeste. É preciso dar uma leve ideia do que seja esse personagem, pois na Amazônia ele é saboreado a cada instante, tanto na composição de simples e corriqueiros molhos de pimenta-de-cheiro como nos mais exóticos e sofisticados pratos regionais.

É, em resumo, um líquido de cor amarelada que os indígenas extraem da mandioca mediante uma espécie de bolsa cilíndrica, comprida, confeccionada em palha, a que chamam de tipiti. Mesmo para nós, do Sul, não é difícil de prepará-lo.

Quando os portugueses chegaram ao Brasil, logo tomaram contato com a mandioca, que também é chamada de maniva, entre outros nomes. Eles ficaram impressionados ao verificar que ela era a base de quase toda a alimentação indígena do norte ao sul do Brasil. Na Amazônia, onde os rios e as florestas se uniram à culinária e às lendas indígenas, há uma lenda, "A lenda de Mani", que explica a origem da mandioca no mundo:

> Junto ao rio Amazonas, nas proximidades de Santarém, no Pará, muito antes da vinda dos homens brancos para o Brasil, apareceu grávida a filha adolescente de um grande chefe indígena, que logo quis punir o pai do nascituro. Mesmo depois de distribuir ameaças horríveis por toda a sua nação e até nas nações vizinhas, ele não conseguiu descobrir quem seria o responsável pela gravidez. Submeteu a pobre moça aos mais severos castigos, mas ela não admitiu sua culpa em nenhum instante, afirmando que nunca havia tido relações com algum homem. Ainda assim, o chefe enlouquecido sentenciou que se não surgisse o pai até a lua cheia seguinte a moça seria sacrificada no centro da taba.
>
> Aconteceu, entretanto, que um homem branco apareceu nos sonhos do grande chefe e declarou-lhe a inocência da filha, levando-o a revogar a sentença de morte e a aguardar o tempo de gestação da criança. Como uma luz que se acende repentinamente na noite, nasceu uma linda menina branca, surpreendendo toda a tribo e, inclusive, os guerreiros e membros das nações vizinhas: ninguém jamais havia visto algum ser daquela raça tão estranha e desconhecida.
>
> Deram à criança o nome de Mani, e ela logo passou a falar e a andar, revelando precocidade excepcional. Chegou o dia, porém, quando não havia passado nem mesmo um ano de seu nascimento, que Mani foi encontrada morta em sua oca, de forma inexplicável. Todos choraram na aldeia e a enterraram ali mesmo, cavando uma sepultura que passaram a regar diariamente, atendendo a antigo costume ancestral.
>
> Passado algum tempo brotou sobre a cova uma planta bem diferente daquelas que os índios conheciam e estes decidiram deixá-la crescer. Era um arbusto que floresceu e deu frutos que os pássaros disputaram, embriagando-se como

nunca alguém da tribo havia visto antes. Meses depois a terra fendeu-se e apareceram as raízes da planta, que eram completamente brancas por dentro – tão brancas quanto o corpo de Mani. Os índios logo aprenderam a apreciar essas raízes, a que chamaram de mandioca – Casa de Mani, na língua tupi: Mani + oca.

20.

Naquela tarde do incidente com a banda Polegar aproveitei para tomar uma sauna no hotel, onde encontrei um sujeito com uma cara muito conhecida. Permanecemos em silêncio algum tempo, até que um de nós puxou conversa usando o chavão típico das saunas: calor, hein? A partir de então conversamos bastante, sem que eu soubesse que se tratava do cantor Jerry Adriani, figura de sucesso nos tempos da Jovem Guarda. Achei-o muito divertido, demos risadas como se fôssemos velhos amigos. São coisas interessantes da vida: mesmo que eu o reencontre um dia e conte essa história, tenho certeza de que jamais se lembrará dos momentos que passamos juntos. Não se lembrará de meu nome, não saberá quem sou. Eu mesmo, aliás, só me lembro dele porque se tratava de Jerry Adriani; se fosse um simples Pérsio Ângelo da Silveira, como eu, já o teria esquecido há muitos anos. Depois da sauna e de ficar até umas 20h no bate papo da piscina, sempre alegre e concorrida, descansei um pouco no quarto e fui com Vittorio e Jânio para o Hilton. Naquela madrugada, entretanto, eu e Isadora viveríamos em um bar das proximidades uma situação de perigo. Cada dia em Belém acontecia uma novidade, sem descanso.

Finda a apresentação, Isadora veio se sentar em nossa mesa, como de hábito. Um comediante conhecido em todo o país vinha chorando sua dor de cotovelo todos os dias nos programas de TV. Sua mulher o havia trocado por um negro bonito, alto e forte, e ele não perdia nenhuma oportunidade de demonstrar diante das câmeras o quanto estava inconformado, dilacerado pela dor. Achei uma afronta vê-lo se insinuar para Isadora, todo maneiroso e com jeitão de galã. Meu sangue ferveu – o que esse cara pretende? Na semana passada soluçava de dor de corno no programa do Bolinha. Recuperou-se assim tão rápido? – mas Vittorio, atento, me cutucou:

– Calma aí, ô meu. Se você for brigar com cada um que se aproximar dela, vai acabar brigando com todos os homens da noite de Belém. Ela é uma artista, não se intrometa no trabalho dela.

Eu participava de uma espécie de jogo e precisava aceitar regras que não conhecia. Caí em mim no mesmo instante.

21.

> Belém, Belém do Paranatinga,
> do Bar do Parque, do bafafá.
> Bem-te-vi, sabiá, palmeira,
> não, não baladeira, deixa voar.*
>
> *(Chico Senna)*

Isadora e eu conversamos bastante naquela noite e resolvemos sair da boate do Hilton para passear na praça da República, em frente. Há ali o famoso Bar do Parque, instalado sobre um tablado que se estende embaixo das árvores, ao lado do Teatro da Paz, construído em 1868 para receber companhias líricas europeias.[3] Sentamos e conversávamos ali naquele bar sem ter a menor noção do que estava para nos acontecer. Isadora ria, ria, ria e se divertia com todas as idiotices que eu lhe falava, meio atordoado pelo amor que começava a crescer, exigindo declarações e cartas de amor. Aliás, no dia 2 de maio de 1986, do interior de São Paulo, escrevi a primeira dessas cartas:

> Isadora,
>
> Nesta madrugada estou no sossego do campo, no lugar onde passei a minha infância. Conheço cada grotão, riacho, córrego ou nascente das proximidades. Sei onde se reúnem os animais noturnos e onde acordam os diurnos. Em menino, brincava em todos esses lugares, onde passei a jogar, quando jovem, os primeiros jogos do amor.
>
> Isadora, não sei como falar sobre as saudades que sinto. Eu vinha me machucando muito ao me apaixonar aqui e ali. Precisava fugir, encontrei você,

---

* Estrofe da composição "Flor do Grão-pará", um dos símbolos musicais de Belém do Pará.

outra fugitiva. Que tal fazermos uma parceria? Temos exatamente os mesmos objetivos – amar e sermos amados. Não sejamos adversários, mas parceiros.

Ouço na madrugada um cão que late ao longe e alguns galos esparsos das redondezas. Relembro aquela canção que você cantou para mim: "Quando penso em você... fecho os olhos de saudades"... É o que eu sinto. A lembrança de sua voz enche a minha madrugada, ecoa na escuridão. Mesmo que não fiquemos juntos no final, o que acha de nos entregarmos um ao outro? Só precisaremos ter confiança mútua, como se fôssemos saltar juntos de um trapézio sobre algum precipício. Nada se consegue sem riscos; o que acha de nos arriscarmos a um grande amor?

P.A.S.

Escrevi cartas e mais cartas de amor para a Isadora. Tempos depois, envergonhado, destruí quase todas as cópias guardadas durante anos. Não as teria destruído se naquele momento conhecesse o poema "Todas as cartas de amor são ridículas", de Álvaro de Campos. Ao dizer em versos que as cartas de amor não seriam de amor se não fossem ridículas, o poeta esclarece:

> Mas, afinal,
> Só as criaturas que nunca escreveram
> Cartas de Amor
> É que são
> Ridículas.

22.

Tomando ali no Bar do Parque uma cerveja bem gelada, iniciamos nossa conversa daquela noite:

– Como é, Pérsio? Estamos aqui; por que não me cantas, como anunciaste?

– Mas não foi você quem disse que é vacinada contra qualquer cantada? Pra que vou perder meu tempo?...

– Eu estava só brincando. Tu sabes como é... dependendo da cantada, posso até cair...

– Ah... Já sei! Se eu disser que me apaixonei à primeira vista... você cai, não cai?

– Que falta de graça – disse rindo –, parece que todos só sabem aplicar essa!... Pérsio Ângelo da Silveira! Teu nome tem a ver com herói, com anjo e com selva. Tu não podes usar um pouquinho a imaginação?

– Eu sei, eu sei. Mas, nunca fui muito criativo, não saberia como cantá-la.

– ...

– Você gosta de cinema?

– Amo.

– Ama o quê?

– Cinema, lógico! Não foi o que perguntaste?

– Certo. Mas aposto que não ama cinema tanto quanto ama a mim.

– Ah! Pérsio! Que bobagem! Por que imaginas que eu te amo?

– Ora, você saiu comigo algumas vezes. Já deve estar apaixonada!

– Nossa! Como tu és convencido!... Meu Deus!

– Ah! Ah! Confessa: não está mesmo apaixonada por mim?

– Enlouqueceste?

– Não acredito! Não é possível que você seja imune ao meu charme.

– Imune ao teu charme? Essa é boa...

– Eu já notei que existem algumas diferenças entre você e as outras mulheres. Mas isso não a deixa totalmente imunizada.

– Que diferenças tu notastes em mim?

– Esquece. Se eu falar você vai achar que estou tentando te cantar.

– Juro que não vou achar.

– Está bem, eu digo: você é a mulher que eu amo e isso a torna a mais especial entre todas as mulheres do mundo. Gostou?

– Fraca.

– O quê?

– A cantada.

– Tá vendo. Eu não disse que você ia achar que era uma cantada?...

Isadora riu, divertidamente. Olhava-me com o canto dos olhos e ria até não poder mais.

– Você não acredita mesmo que eu te ame, não é? – perguntei quando ela sossegou.

– Não. Não acredito. Acho que tu desejas apenas me levar para a cama.

– Te levar para a cama? Só isso? Eu te amo de verdade, por três motivos...

– Três motivos? Quais?

– É difícil explicar, vamos escutar a música que está tocando: é linda, linda. Vamos deixar para discutir esses detalhes outro dia.

– Não, não. Agora estou curiosa. Que motivos?

– Você quer mesmo saber?

– Quero.

– Tá certo. Eu conto, mas só depois de terminada a música.

– Não e não. Tu desejas é fazer suspense, não é?

– Ok!, o primeiro motivo é a sua sensibilidade. Acho que você pode sentir as coisas mais do que qualquer pessoa. Está vendo aquele vaso de flores naquele canto?

– Estou.

– Pois é. Depois de olhá-lo durante meia hora seguida, uma pessoa normal vai notar apenas que é bonito; que as flores são vermelhas; que está em cima de uma mesa; e que tem um bigodudo sentado atrás dele. Você não; com uma simples olhada notaria naquele vaso coisas que ninguém jamais imaginaria.

– Ah! Então conte o que eu notaria.

– Você veria que aquela florzinha da direita está mais alegre do que as outras. As folhinhas de seu caule estão levantadas pra cima, como se ela estivesse com os braços abertos de alegria.

– O que mais?

– Você notaria, também, que aquela outra florzinha da esquerda parece estar triste, triste. Suas folhinhas estão caídas, meio murchas, como se ela estivesse sofrendo muito. Você conseguiria captar alguma coisa que as outras pessoas jamais conseguiriam. Você enxerga tudo de uma maneira mais eficiente, sabe? Eu percebo isso e fico admirado.

– Continua.

– Continua o quê?

– Ora, a conversa. Estou achando interessante.

– Está bem, está bem. Veja um pintor: ele pode ser hábil, ter bom gosto e dominar a técnica, mas não vai pintar nada que preste se lhe faltar sensibilidade. Ele poderá retratar uma paisagem com a mesma riqueza de detalhes de uma fotografia, mas se não for alguém sensível, vai ficar faltando movimento e leveza; e o resultado vai ser uma imagem sem vida, pesada. Está entendendo?

– Mais ou menos.

– Ah... pensa que é simples? Não é nada fácil mostrar o que não se vê. Posso explicar um pássaro, por exemplo; mas como explicar o que ele sente? Posso descrever você; mas como descrever seus sentimentos?

– Continuo meio boiando...

– Vamos lá. Eu sei que você usa a emoção para jogar sua voz para qualquer canto e pode cantar como se estivesse sangrando por dentro, ou se divertindo de contente. Existe alguma maneira de explicar isso? Qualquer pessoa pode cantar com beleza se tiver uma voz bonita e afinada. Só que para interpretar de verdade uma canção é preciso muito mais do que isso. É preciso ter sensibilidade, é preciso sentir! E isso não se explica e nem é para qualquer um. Só pessoas como você podem interpretar verdadeiramente uma canção.

– Ah! Não brinques assim, Pérsio! Eu acabo acreditando em ti. Bem sabes que sou muito, muito carente...

– Não estou brincando, Isadora. Falo sério. Você é capaz de sentir as coisas de uma maneira muito mais completa e especial do que as outras pessoas.

– Acreditas nisso?

– Sim, com certeza. Já o segundo motivo do meu amor por você é a ignorância.

– O quê?

– Calma! Eu não estou chamando você de ignorante. Estou falando da minha ignorância, não da sua.

– Da tua?

– É. Quando chego perto de você, sinto sempre que estou diante do desconhecido. Do ignorado.

– Como assim?

– Eu explico. Estivemos juntos alguns momentos; já conversamos sobre diversos assuntos. Se você fosse uma mulher como as outras, eu já a conheceria quase que totalmente, de tanto que conversamos. Mas não. Quanto mais a conheço, menos sei sobre você.

– É gozação? É?

– Não, não. Falo sério. Às vezes penso que você gosta de fazer gênero. Gosta de dizer coisas que não pensa para ver a reação das pessoas, para polemizar. Confunde todos à sua volta para que ninguém saiba, completamente, como você é na realidade. E o pior é que você tem tanta habilidade que confunde mesmo.

– Ah! Pérsio, és tu que me confundes!

– Não, não, Isadora. Às vezes penso que você é uma, mas logo vejo que é outra completamente diferente. Nunca consigo chegar a uma conclusão. Às vezes penso que é uma pessoa alegre, descontraída, que encara tudo numa boa. Outras vezes vejo que é uma pessoa triste, triste, marcada por algum sofrimento muito grande. Imagino, também, que seria capaz de qualquer coisa que quisesses, porque é uma lutadora, nasceu com garra. Mas às vezes acho que não é isso, fico imaginando que você é fatalista. Que aceita as coisas como elas são e que não luta para transformá-las, porque acredita na fatalidade, no destino. De qualquer maneira, eu sempre tenho a impressão, quando me aproximo de você, de que estou diante de uma florzinha.

– Ah, Pérsio... Uma florzinha?

– Sim, meu amor. Uma florzinha desamparada e sozinha! E sinto vontade de te proteger, de te amparar com meu abraço mais forte. Porém, a verdade é que você não precisa de ninguém que te ampare. Você é forte...

Acenei e chamei o garçom.

– Garçom, garçom! A conta, por favor.

– Ei, espere um pouco! – disse Isadora, protestando. – Estou gostando da conversa. E tu ainda nem me contaste qual é o terceiro motivo do teu amor por mim!...

– Sim, é a questão mais...

Repentinamente estourou uma briga de cadeiradas e garrafadas no Bar do Parque. Levantamos assustados para sair do meio do tumulto. Levei uma garrafada bem no meio da testa, mas não sofri nada além do susto. Isadora também foi atingida, sem se machucar. Eu tinha o problema de minha bacia, recém-fraturada; Isadora tentava me ajudar. Chegamos a um parapeito e consegui empurrá-la para fora do ambiente, a uma altura de pouco mais de um metro. Atirei-me atrás dela, mas a minha bengala ficou dentro do bar. E agora? Como explicar ao meu pai a perda da bengala que foi do avô dele? Não pensei em mais nada: voltei para resgatá-la. Tive sorte, retornei em pouco tempo com ela nas mãos. Afastamo-nos dali rapidamente, enquanto a briga continuava. Escutamos tiros, sirenes, gritarias. Veio a polícia, vieram ambulâncias. No dia seguinte, ao conversar com os porteiros do Hilton, eles arregalaram os olhos:

– Estão loucos?! De madrugada o Bar do Parque é o lugar mais perigoso de Belém. Todos os dias estouram brigas horrendas ali. Todo mundo sabe disso.

23.

Para ficarmos mais tempo juntos, eu normalmente pagava um táxi que levasse Isadora de madrugada para casa. Naquela noite, porém, eu quis acompanhá-la de ônibus: tive a impressão de que os acontecimentos a haviam abalado mais do que o razoável; também tive vontade de conhecer seu trajeto diário do trabalho para casa. Isadora morava em um bairro afastado, para os lados de Icoaraci; gastamos cerca de uma hora para chegar.

Descemos do ônibus e logo parei um táxi para voltar ao Equatorial. Nossa despedida foi de pé, com um abraço apertado e um longo beijo. O taxista desligou o motor. Com o silêncio que se fez senti o corpo dela se soltar em meus braços e quase desmoronei ao aspirar o perfume de seu hálito quente como um narcótico. Despencaríamos os dois pelo chão se eu não tivesse despertado repentinamente daquele beijo. Depois, Isadora se recompôs e saiu caminhando lentamente.

Sua silhueta ia se afastando devagar, vestida de preto, com os sapatos de salto alto ressoando pelas ruas desertas, enquanto meu peito se estrangulava com aquela imagem personificada da tristeza. Sem olhar para trás, de cabeça baixa, olhos voltados para o chão, ela ia sumindo da minha visão, desviando com cuidado, aqui e ali, das dezenas de luas cheias refletidas nas poças d'água alimentadas pelas chuvas diárias que banham toda a Belém.

Minha amada possuía razões para aquele estado de espírito tão desolador. Vários problemas a afligiam além da falta de dinheiro crônica. O pior deles, naquele momento, era a questão de uma irmã mais moça, grávida de um pai que não se dispunha a assumir nem sequer uma parte dos custos com um aborto, ideia articulada pelo desespero.

– Tu não imaginas, Pérsio, como isso vem me corroendo por dentro. Nossa família é muito machista, não vai aceitar uma mãe solteira. E se expulsarem minha irmã, que tem apenas dezessete anos? O que será dela? O que será de meu sobrinho que vai nascer?... filho de um boto-cor-de-rosa...

– Boto-cor-de-rosa?

– Tu não conheces a lenda?

> Há centenas de anos, em uma noite de lua cheia a jovem filha de um grande chefe indígena das imediações da atual Alenquer, no Pará, foi abordada em uma festa por um rapaz de chapéu e vestimenta branca, que encantava todas as moças presentes com seu jeito falante e sedutor, a dançar e a beber cauim com alegria.
>
> A moça não teve como recusar quando ele a convidou para um mergulho na beira do rio. E à luz da lua – embriagada pela atmosfera de amor que

emanava do rapaz como um perfume – ela foi possuída e engravidada. Essa talvez tenha sido a primeira, mas certamente não foi a última moça da região amazônica a gerar um filho nessas condições.

A cada ano que se seguia outras iam se envolvendo com rapazes com a mesma descrição, que, parecendo onças viciadas em atacar velhos e crianças, apareciam nas festas vestidos de branco, dançavam, bebiam, cantavam e acabavam encantando as moças e levando-as para a beira do rio Amazonas, onde eram possuídas e engravidadas antes do nascer do dia.

Com a chegada dos portugueses e espanhóis à Amazônia, as festas juninas para comemorar os dias de São João, São José e Santo Antônio passaram a se repetir com frequência em toda a região, exigindo uma atenção maior de parte da população ribeirinha, alerta quanto à identidade daqueles jovens sedutores, cada vez mais assíduos às festividades.

A partir da observação do comportamento dos botos-cor-de-rosa, também conhecidos como uiaras, houve quem começasse a desconfiar desses mamíferos. Irmãos de sangue dos golfinhos que vivem nas águas dos oceanos e mares, os botos-cor-de-rosa habitam as bacias de água doce dos rios Orinoco, Amazonas, Tocantins e Araguaia, na América do Sul.

Ao agir como protetores das mulheres em situações de naufrágio, eles despertavam desconfiança. Apareciam como salvadores para levá-las às margens do rio, mas não conseguiam esconder suas intenções libidinosas ao massagear disfarçadamente, com seus longos narizes, as virilhas, nádegas e seios de suas protegidas.

Certo dia alguém seguiu um dos rapazes de branco das festas juninas e presenciou o momento em que o encanto se desfez. Antes do nascer do sol, depois que possuiu e engravidou a moça que havia seduzido naquela noite, o rapaz saiu devagar pela margem do rio e o observador à sua espreita testemunhou as metamorfoses: a espada que trazia na cintura voltou à forma original do poraquê (peixe elétrico); seu cinto e seus sapatos se transformaram em piraíbas ou jaús, peixes de couro dos rios amazônicos; o chapéu com que escondia o orifício respiratório do topo de sua cabeça assumiu a forma original de arraia; e, finalmente, ao saltar com agilidade no ar e desaparecer nas águas do rio, o rapaz revelou o que realmente era – um boto-cor-de-rosa.

Desde essa descoberta as mulheres mais velhas passaram a alertar as jovens quanto ao perigo real representado pelos homens charmosos e bonitos que procuram seduzi-las durante as festas juninas. E as populações ribeirinhas não se engaram mais – criança sem pai conhecido é filha de boto-cor-de-rosa.

Naqueles momentos, a irmã grávida de um boto-cor-de-rosa era a maior fonte de angústia de Isadora. Embora tivesse apenas vinte anos, ela era amadurecida e assumia, ainda que de forma ansiosa e desencontrada, a incumbência de solucionar todos os problemas à sua volta. E como isso era impossível, absorvia um sofrimento pessoal profundo e doloroso. E então, crescia em mim uma vontade enlouquecida de protegê-la e afastá-la das angústias; de tentar fazê-la feliz e de trazê-la para viver comigo. Mas a verdade é que eu sentia quase pavor de que nossa união não desse certo. Em consequência, não tendo coragem de chamá-la para São Paulo, sem querer eu criava um estado de coisas que não poderia perdurar para sempre. Logo haveria uma definição.

24.

Vittorio e eu estávamos com frequência em Belém, de modo que o Grupo Avanhandava acabava nos encarregando de vários outros serviços na região Norte – *Já que vocês vão para lá...* Numa dessas ocasiões, estivemos em Imperatriz do Maranhão, a fim de solucionar umas pendências da empresa de transportes do Grupo. No dia seguinte à chegada iríamos a Marabá, pernoitaríamos em Xinguara e depois voaríamos para Belém.

Por causa das dificuldades com a aviação comercial, tomamos o rumo de Imperatriz em um pequeno avião de locação, sob o comando de Fábio Siqueira, um velho amigo de Vittorio. Protagonista de uma história incrível que nos contaria no dia seguinte, Fábio concordou em dar-me algumas aulas superficiais de aviação. Naquela manhã de domingo, no trajeto para Imperatriz, depois do almoço em Montes Claros, no norte de Minas Gerais, achei o máximo quando ele resolveu ensinar-me a voar. Estávamos bem alto e ele me instruiu a fazer uma curva fechada para a esquerda e mergulhar em direção ao rio Tocantins, que serpenteava brilhante rumo ao norte do país.

Fui acompanhando as curvas do rio durante uns cem quilômetros, em uma altitude de menos de cem metros acima das árvores. Voando baixo, não nos escapavam quaisquer detalhes visuais da vida ribeirinha, com pássaros de todos os tamanhos, casebres estruturados em pau a pique e telhados de folhas de palmeiras, além de ocas e tabas indígenas. De quando em quando víamos canoas a navegar junto de ilhas fluviais, afluentes, furos e igarapés. Era como se estivéssemos sobrevoando um pedaço do mundo em plena pré-história, tal a pobreza que vinha desde os tempos do dilúvio, quando a América do Sul foi separada da África para sempre.

Naquelas regiões abandonadas, meu pensamento se voltava o tempo inteiro para Isadora; e meu amor por ela ia avançando em mim como as plantas aquáticas que invadem as lagoas das selvas, tomando-as completamente. Era complicado esconder de Vittorio a minha fragilidade daqueles momentos em que, muitas vezes, especialmente quando parávamos para relaxar entre uma cerveja e outra, eu não conseguia controlar lágrimas que surgiam sem explicação.

Naquela tarde de domingo, por exemplo, depois de aterrarmos em Imperatriz, nos instalamos em um hotelzinho mequetrefe e saímos os dois para caminhar em ruas fervilhantes de pessoas. Encontramos, finalmente, o bar que mais nos agradou: uma barcaça velha, atracada em um "píer" junto ao rio Tocantins. No convés havia diversas mesas sob uma área coberta e muita gente jovem se divertia ali, sob um sol forte e brilhante. Começamos a beber nossa cerveja, ouvindo alguém numa mesa próxima contar que no ano anterior dois aviões pequenos teriam se chocado em pleno ar, explodindo em labaredas imensas sobre o rio. Até mesmo o sol teria se encolhido com a chuva de fragmentos que desabou como uma tempestade!

– O que é isso, parceiro? A história é trágica, mas você não conhecia ninguém envolvido. Precisa chorar? Está acontecendo alguma coisa?

– Não, Vittorio, imagina... É só uma irritação ocular, *cazzo* do inferno!

Na verdade, embora eu tentasse esconder, um amor emergia dentro de mim em paralelo a outro que ruía (refiro-me à ruptura de meu casamento de vários anos). Vivendo momentos de insegurança e medo quanto ao meu futuro afetivo, eu assistia à minha dependência emocional de Isadora ir se desenvolvendo como uma doença grave, enquanto nos entregávamos mais e mais, entre uma viagem e outra para Belém.

No dia seguinte, Vittorio e eu concluímos nossa tarefa antes das 11h e corremos às pressas para o campo de aviação, onde Fábio já estava esquentando os motores. Decolamos, descemos rapidamente em Marabá e logo depois saímos com destino a Xinguara. O comandante Fábio sugeriu que sobrevoássemos a Serra Pelada, pois não desviaríamos muito do caminho e seria um belo passeio, além de uma boa oportunidade de pilotagem para mim. Lembrei-me das revistas que retratavam sempre uma imensa cratera por onde subiam e desciam, como insetos, por caminhos e escadas rudimentares, milhares de homens lambuzados de lama. No meio da selva eles iam escavando e ampliando a cratera atrás das pepitas de um dos maiores filões de ouro registrados na História do Brasil.

Fui pilotando satisfeito. Estava aprendendo depressa e gostando tanto da coisa, que logo aprofundaria meu aprendizado, tomando lições em São Paulo, junto ao Campo de Marte. Sem que eu percebesse, voar começava, então, a fazer parte de minha vida, tanto no plano físico como no emocional. Passamos sobre uma serra e eu imaginei se não faria parte da Serra dos Carajás, pois o mapa indicava que estávamos próximos de Eldorado dos Carajás e de Canaã dos Carajás. Fiquei assombrado com montanhas grandiosas cobertas por matas que imagino serem até hoje as mais virgens de toda a face da terra. A altura e o tamanho das copas das árvores revelavam as idades centenárias de muitas delas, que para serem abraçadas exigiriam de dez a quinze homens.

Chegamos à então famosa Serra Pelada, cuja cratera havia sido inundada pelas águas da estação chuvosa, formando um grande lago. Às margens desse lago, um pequeno grupo de homens fuçava na lama atrás de ouro. Havia barracos abandonados por todos os lados, como uma grande favela fantasma. Que decepção! A imensa maioria dos garimpeiros já havia se retirado há muito em perseguição de outros filões de ouro. Estávamos nos derradeiros momentos da Serra Pelada, então decadente e praticamente esgotada.

Demos algumas voltas com o avião sobre o local, e saímos novamente para a selva, rumo a Xinguara. Meu pensamento não deixava Isadora e sua forma afetuosa de suprir as necessidades afetivas de quem estivesse por perto. Não havia ninguém das relações dela que retribuísse na mesma moeda o que fazia por todos; era como se ela tivesse sido condenada a não ser nunca amada com a mesma intensidade com que amava. E então, ia pela vida como um piloto de caça que despenca em parafuso pelo vácuo: fecha os olhos e espera ansioso que a resistência do ar possa salvá-lo ou despedaçá-lo.

– Sabes, Pérsio – contou-me ela um dia –, acho que você é o único que se importa realmente comigo. As outras pessoas, não. Preocupo-me demais com elas; estou sempre tentando agradá-las. Lembro-me de ver se estão bem, se precisam de alguma coisa; nunca me esqueço de cumprimentá-las em seus aniversários, de reconfortá-las nos momentos de tristeza, felicitá--las nos instantes de alegria... Mas, quase todas elas são muito egoístas, só pensam em si próprias; estou sempre me decepcionando demais e é como sofrer num pelourinho, chicoteada sem descanso.

25.

No trajeto para Xinguara, Vittorio e eu fomos conversando com Fábio e ele nos contou como se dera um de seus acidentes de avião. Por uma coincidência inexplicável, anos antes eu havia tomado conhecimento desse acidente por outro ângulo, ainda garotinho, no colo de meu pai.

Os fatos aconteceram em uma tarde do final da década de 1950, com o sol calmo, nuvens esparsas, ausência de ventos ou prenúncio de chuvas. Fábio decolou com um monomotor do aeroporto de Bauru, levando sua mulher grávida e sua sogra como passageiras. O avião começava a ganhar altitude quando o motor engasgou, e morreu de repente. Fábio manejou os comandos com rapidez para tentar um retorno desesperado para o campo de pouso, mas a aeronave tinha se distanciado demais. O pequeno avião planou em silêncio, e ele sentiu uma das piores sensações de sua vida ao ver o rosto das duas mulheres a investigá-lo, assustadas. Completamente aterrorizadas.

De alguma forma, um fotógrafo amador olhou para o alto e percebeu as dificuldades do monomotor. Posicionou-se como um franco atirador diante do único lugar viável para um pouso: a rodovia Marechal Rondon. Fábio também viu a rodovia e teve dúvidas: será possível fazer um pouso forçado no meio do tráfego intenso? Porém, não havia alternativas. Avaliou rapidamente a situação, passou os olhos pela barriga da mulher grávida, e decidiu: pousariam ali mesmo na rodovia; em outro local não teriam quaisquer chances.

O pequeno avião desceu suave com as rodas no chão, bem à frente do movimento de carros daquele sentido. Surgiu uma Kombi na direção contrária, Fábio fez uma manobra e saiu planando do chão, passando num salto sobre a capota do furgão. Desceu com leveza do outro lado, mas logo foi obrigado a saltar com maestria outros dois veículos que surgiram no outro sentido. De repente, porém, um obstáculo grande demais surgiu à sua frente. Fábio brecou forte, com violência, fritando os pneus para não bater em um treminhão carregado de cana na direção oposta. Em meio à fumaça de borracha queimada, os dois veículos pararam com as rodas travadas, frente a frente, a hélice do avião rodando a meio palmo do capô do treminhão!

Ouvindo essa história ali no céu da Amazônia paraense, imediatamente me recordei da edição da revista *Manchete* cujas fotos, divulgadas pelo tal fotógrafo amador bem posicionado, mostraram a mim, no colo de meu pai, quase trinta anos antes, toda a sequência do acidente que quase culminou com uma tragédia. Lembrei-me até dos comentários de meu pai, ex-aviador, enquanto admirava a sequência de fotos.

Olhei para a selva lá embaixo e meu pensamento voltou-se novamente para Isadora e suas dificuldades:

– Outro dia — fui recordando a narrativa que ela me fez semanas antes – meu primo Alberto precisou de dinheiro com urgência para atender traficantes de drogas, com quem havia negociado. Tu não sabes o que fiz! Desdobrei-me para conseguir o quanto ele precisava. Embora tenha salvado sua integridade física, talvez sua vida, não recebi de volta nem um centavo da quantia que obtive emprestada para lhe dar. Cobrei-o várias vezes, sem chance. Depois de meses, quando sua irmã Antônia precisou de dinheiro para uma cirurgia de urgência, acreditei que ele seria a solução. Tu acreditas que eu pedi o que me devia para ajudá-la e nem assim ele me pagou?

– Vai ver que ele não tinha...

– Não, Pérsio! Três dias depois disso ele até comprou um carro... Nem para a própria irmã Alberto surgiu com o dinheiro, imagine se fosse eu que precisasse...

Por descabido que seja comparar pessoas com equações, a verdade, senhores, é que a contabilidade afetiva de Isadora nunca fechava com lucro. E nessa carência toda ela viveria para sempre como o avião do acidente de Fábio, rodando em direção aos obstáculos e superando-os com maestria. Sem a mesma sorte, porém, não escaparia do choque final de muitos anos depois.

26.

De meu escritório em São Paulo eu costumava ligar para Isadora entre 19h e 20h30, antes de suas apresentações na boate do Hilton. Logo que eu desligava, ficava pensando nas músicas que ela cantaria: "Tigresa", "Canteiros", "Ronda", "Perigo" e ainda outras do repertório de Elis Regina e de Chico Buarque. Sozinho, eu chorava de saudades. Sim, imaginem vocês que eu chorava aos soluços! Confesso, também, que morria de ciúmes só de imaginá-la em um palco, toda linda e esplendorosa, jogando seu charme para plateias lotadas de homens.

Eu e Vittorio ainda voltaríamos para Belém várias vezes para resolver a questão das terras de Oeiras. Amor misturado a ciúmes e saudades era para mim uma receita de dor, que só se aplacava com a presença de Isadora. Uma vez a cada mês, no mínimo, eu ia para Belém passar de quatro a cinco dias e só isso me alegrava naqueles momentos da vida. A simples visão dela me deixava completamente feliz, afastava maus pensamentos e espantava os ciúmes que me acompanhavam sempre. E quando eu a ouvia cantar... Que saudades daquele tempo em que a MPB do repertório dela ainda tocava nas principais rádios... Pena que eu não podia ficar com ela durante o dia. Tínhamos sempre muito trabalho, Vittorio e eu, aturando reuniões e almoços intermináveis com políticos e figuras da administração pública do Pará. Por sorte os restaurantes eram sempre os melhores e eu esquecia momentaneamente as dificuldades amorosas que vinha experimentando.

Havia em Belém um restaurante tradicional que só servia comida regional, o Lá Em Casa. Quando moça, a proprietária tomou uma embarcação para o interior da Amazônia e com os índios mais velhos do lugar aprendeu antigas receitas da culinária indígena, cujos pratos servia à sombra de um enorme *flamboayant*, no Lá Em Casa. (Infelizmente, senhores, o restaurante que funcionava naquele local fechou há muitos anos, passando a atender na Estação das Docas com outro figurino, embora utilize o mesmo nome, as mesmas receitas e tenha uma qualidade equivalente. Só não possui a mesma história.)

No dia em que fomos ao Lá Em Casa com uma das autoridades locais mais importantes do Incra, comi pela primeira vez pato no tucupi. Não há nada parecido em nenhum outro lugar do mundo. O prato leva, além do pato e do tucupi, o tal de jambu, que é uma verdura com propriedades anestésicas. Anestesia a língua da gente!

Almoçamos com a tal autoridade, funcionário público federal de altíssimo escalão. Vittorio já estava acostumado com o pessoal que tomava conta do Pará, mas eu, como advogado, fiquei surpreso, por exemplo, com o cartão de visitas do sujeito: na parte de cima havia o logotipo do Governo Federal e o do Incra; a seguir, abaixo do nome e cargo do indivíduo, o cartão listava os serviços oferecidos para a iniciativa privada – intermediação na desapropriação de terras... anistia de dívidas com o ITR... obtenção de títulos de domínio de terras devolutas... transações imobiliárias rurais... O cartão de visitas do tal sujeito era uma prova contra ele mesmo; não só revelava que era um agente da corrupção, como também indicava seu *modus operandi*!

27.

> Belém, Belém, acordou a feira
> que é bem na beira do Guajará.
> Belém, Belém, menina morena,
> vem ver o peso do meu cantar.
> Belém, Belém, és minha bandeira,
> és a flor que cheira no Grão-Pará.
>
> *(Chico Senna)*

Depois daquele almoço fomos para o Equatorial aproveitar o final de tarde na piscina; à noite encontraríamos Isadora no Hilton, como sempre. Porém, naquela madrugada ela encerraria sua apresentação antes do horário normal dos fins de semana. Ela estava entristecida por alguma razão; há detalhes do comportamento feminino que nós, homens, temos dificuldade para perceber e avaliar. Não é por falta de sensibilidade, como dizem elas; se fôssemos assim tão insensíveis, não seríamos tão bons poetas, músicos, pintores, atores e artistas de um modo geral. Na verdade, não conseguimos compreender o que passa pelas cabeças femininas, porque se trata de um universo muito diferente do nosso. E vice-versa, pois elas também não nos compreendem. (Desculpem a filosofada, mas às vezes não consigo me conter.)

E assim, sem perceber – aliás, sem ter qualquer noção do que se passava –, levei Isadora até um táxi em frente ao Teatro da Paz, onde me despedi cheio de culpas. Eu me sentia culpado, mas não sabia por quê. Anos mais tarde eu compreenderia a razão da tristeza daquele dia e dos outros que se seguiriam. Ela estava avaliando uma decisão que transformaria toda a sua vida e eu era a razão de suas dúvidas e de sua angústia. Só hoje consigo compreender o que se passava.

Depois que o táxi virou a esquina, voltei para a boate e ficamos ali, Vittorio e eu, meio que desamparados junto aos outros fregueses. Todos estavam decepcionados pelo encerramento antecipado da apresentação. Nem havia soado o primeiro badalo da madrugada e anunciaram no microfone que não haveria mais música naquela sexta-feira... Saco! O que fazer se estamos sem sono? As pessoas foram se retirando do local e os garçons começaram a ensaiar o empilhamento das cadeiras, já pensando nos preparativos do Círio de Nazaré. Estávamos no segundo fim de semana de outubro de 1986; Belém pegava fogo nas ruas, pois seria uma permanente festa pelos próximos quinze dias. Porém, a tristeza de Isadora havia me contagiado e eu começava a contagiar o próprio Vittorio, embora ele fosse bem mais resistente do que eu a esse tipo de contaminação. Foi então que ele, para evitar baixo-astral, logo propôs:

– Ei, Pérsio. Que tal irmos para os lados do Ver-o-Peso assistir aos preparativos do Círio? Encontraremos algum lugar ao ar livre com comida e bebida à vontade. Garanto que aproveitaremos o movimento até o amanhecer.

Ao chegar diante do local onde aportavam os barcos de pescadores, nosso espírito se aclimatou rapidamente ao ambiente festivo. Com a movimentação acelerada de toda aquela gente àquela hora da madrugada, logo esquecemos a tristeza e entramos em outro ritmo. O que espantava não era só a gritaria humana de ordens para cá e para lá, mas o alarido dos animais trazidos pelas embarcações. Eles pareciam adivinhar o porquê de terem sido recrutados às pressas. Era como se soubessem que seriam os protagonistas dos cardápios do fim de semana... Aportou diante de nós uma traineira lotada de patos enlouquecidos:

– O que é isso, Vittorio? Por que tantos?

– É pra fazer pato no tucupi, meu caro, o prato mais popular e tradicional do Círio de Nazaré. Os paraenses espalhados pelo mundo inteiro vêm pra festa que nem as andorinhas do verão paulista. E não sossegam enquanto não se esbaldam de tanto comer pato no tucupi.

Marrecos, gansos, perus e galinhas, que sempre complementam a insuficiência de patos (porque não há pato que chegue), esquentavam a madrugada com uma barulheira infernal de quá-quás, quén-quéns, glu-glus e có-cós estridentes, mesclados com os gritos dos trabalhadores. O que mais impressionava, entretanto, era o comportamento dos porcos. Havia um barco lotado deles e a algazarra que faziam ia muito além daquilo que o ouvido humano era capaz de suportar sem danos. Os carregadores os punham às costas, amarrados pelas quatro patas, e os levavam como sacos para a terra firme, onde jogavam uns em cima dos outros, deixando-os amontoados a berrar desesperados. E como não eram apenas dois ou três porcos, mas oitenta ou cem, até os tímpanos dos morcegos que passavam pelas adjacências deviam estar sofrendo com a contagem exagerada de decibéis.

As barcas continuaram chegando por toda a madrugada para descarregar as mercadorias, que incluíam não só animais, mas também verduras, legumes e frutas equatoriais, especialmente açaí. Assistimos a tudo aquilo bebendo cerveja até o nascer do sol e tomando tacacás para aplacar a fome. É interessante, mas no lugar de carrinhos de cachorro-quente, como há em qualquer lugar do mundo, em Belém se encontravam a cada esquina carrinhos de tacacá – uma espécie de sopa à base de tucupi, servida em uma cuia, com goma de tapioca, jambu, camarão seco, pimenta-de-cheiro, chicória e alfavaca. Prato típico de toda a Amazônia, possui um sabor indígena completamente inesperado.

28.

De tão bêbado que fiquei naquela madrugada, não consigo me lembrar de mais nada; só sei que acordei com uma bela ressaca e muita fome. Toquei para o Vittorio, mas como já eram umas duas da tarde, resolvemos pedir um café da manhã fora do regulamento no bar da piscina. Fui de ovos mexidos malpassados, com presunto, queijo, salsinha e cebolinha; para beber, pedi um suco de graviola. Vittorio preferiu um suco de cupuaçu e uma omelete.

– O que acha de ficar por aqui mesmo, Pérsio? Vamos tomar um pouco de sol e descansar. Se não dermos um tempo, não aguentaremos o "Natal dos paraenses", amanhã. Já perdemos a romaria fluvial de hoje cedo...

– Romaria fluvial?

– Sim, o *Diário do Pará* e o *Liberal* anunciaram ontem: uma repetição da romaria do ano passado, que foi o maior sucesso. O pessoal pegaria de manhã a imagem de Nossa Senhora de Nazaré[4] e a levaria pra passear de barco pela baía do Guajará, seguida por um mundo de embarcações de todos os tamanhos, na maior comemoração. Mas nós dois ficamos dormindo e nem sabemos o que aconteceu... O Círio é a maior festa religiosa do Brasil, e se pensarmos na questão regional, garanto que é a maior do mundo inteiro. Não tem cabimento dormir enquanto ela acontece! Você é religioso, Pérsio?

– Não. Quando estou com problemas chego a rezar, mas em condições normais não sou de acreditar muito...

– Ainda bem. Pensei que ia ver você disputando hóstias com os fiéis. Sabe que no Círio elas viram raridade? Os padres carregam sacos e mais sacos de hóstias para as igrejas, mas elas nunca são o bastante. Também, a cidade recebe no Círio mais do que o dobro da população só de visitantes... É gente demais para comungar! Não há padaria que aguente fazer tanta hóstia.

– Bom, já que vamos ficar aqui mesmo durante a tarde, precisamos decidir quanto à noite. Você já pensou no que faremos? Isadora vai estar ocupada se apresentando num palco improvisado para a passagem da procissão noturna da tal de *Trasladação*. Você sabe o que é isso?

– *Trasladação*? É um ritual; a *Lenda do Círio de Nazaré* explica direito.

Em algum momento do século XVIII, caçava nas proximidades do igarapé Murucutu um caboclo chamado Plácido, que ao se refrescar naquelas águas viu uma estatueta de Nossa Senhora de Nazaré junto ao lodo das margens, entre várias pedras. Sensibilizado, ele carregou a imagem para a sua casa, limpou-a e improvisou um pequeno altar para venerá-la com sua família.

Aconteceu, porém, que no dia seguinte a Santa havia desaparecido. Procurando-a por todo o canto, Plácido admirou-se ao se deparar com ela no mesmo lugar onde a havia achado no dia anterior, às margens do Murucutu. Carregou-a de volta para casa, mas ela ainda retornaria outras vezes para o lugar de origem.

A história chegou ao conhecimento do governador do Grão-Pará, que mandou levarem a imagem para o palácio do governo, onde a manteve sob vigilância durante toda a noite. Não adiantou nada, pois a Santa voltou a desaparecer e foi reencontrada à beira do Murucutu. Todos concluíram que era ali mesmo que ela pretendia ficar, de modo que lá construíram sua primeira capela. A partir do ano de 1793, os devotos de Nossa Senhora de Nazaré inauguraram em Belém o ritual do Círio de Nazaré.

Os rituais da Trasladação no sábado e do Círio no segundo domingo de outubro reproduzem simbolicamente o milagre da Santa, refazendo seu trajeto das margens do igarapé Murucutu (na atual capela do Colégio Gentil Bittencourt) até a Cidade Velha, na Catedral da Sé; e o seu retorno no domingo para a Basílica de Nazaré. No quarto domingo de outubro encerram-se os festejos com a procissão de retorno, chamada Recírio. Então, a imagem é devolvida à Capela do Colégio Gentil, onde permanece até o Círio do ano seguinte.

29.

Pela manhã de domingo, quando o povo começou a se reunir na praça Frei Caetano Brandão, diante da Catedral da Sé, Vittorio e eu chegamos para xeretar a procissão que sairia dali em direção à Basílica de Nazaré, na praça Justo Chermont. O povo demoraria umas cinco horas, no mínimo, para vencer o trajeto de mais ou menos três quilômetros, por ruas coloridas de brinquedos em forma de barquinhos, caminhõezinhos, carrinhos, cobras, sapos etc. Nossa ideia era dar uma olhada na saída da procissão, ir para algum canto almoçar, beber um pouco de cerveja e mais tarde acompanhar a chegada do cortejo diante da Basílica de Nazaré.

Por cerca de uma hora ficamos vendo o povo todo a avançar pelas ruas. Dava emoção ver as pessoas em transe, tomadas por algum sentimento espiritual inexplicável. Uma boa parte delas ia se espremendo para conseguir um pequeno contato físico com a corda que separava o povo do carro em que ia a imagem. E a corda, juntamente com o carro e a procissão, ia caminhando com aquele mundo de gente avançando pelas ruas de forma vagarosa, como que hipnotizada: rezando, chorando, sofrendo, pagando promessas... A devoção à imagem da Santa se revelava não só no jeito de andar de cada um, mas na expressão estampada no rosto das pessoas. Hoje em dia são mais de dois milhões de fiéis que acompanham a procissão!

Vittorio e eu não aguentamos seguir a multidão por muito tempo, tal o calor e o excesso de gente. Fomos escapando pelos cantos, pensando em voltar para o hotel e aproveitar a piscina antes de sair para almoçar. Pena que Isadora não iria conosco. Havia se apresentado durante toda a noite e agora, na parte da manhã, certamente estava descansando. Tinha trabalho duro pela frente; no final da tarde voltaria a se apresentar em um palco montado na praça da República, abrigado pelas mangueiras centenárias. Fomos caminhando pelas ruas cheias de gente.

– Veja, Pérsio. Em cada esquina tem um pagador de promessas vestido com mortalhas e arrastando uma cruz. Coisa de maluco, não?

– Pois é, Vittorio, em vez de fazer uma promessa que tenha alguma utilidade, como trabalhar um dia inteiro do Círio carregando sacos de hóstias para as igrejas, alguns cristãos preferem fazer uns sacrifícios como esse. Imagine: carregar uma cruz pesadíssima pelas ruas? Está certo que Cristo também fez a mesma coisa, mas isso aconteceu há mais de dois mil anos! Além disso, ele o fez sob chicotes, porque não teve outro remédio...

Ao comentar isso, eu não podia imaginar que gastaria os vinte e sete anos seguintes, pelo menos, carregando a minha própria cruz, como se tivesse feito alguma estranha promessa de amor.

30.

Acabamos almoçando no 1900, que servia naquele domingo uma *maniçoba* em várias travessas, como uma feijoada daquelas em que se separam os pertences. Este também é um prato importante da culinária do Pará. Em lugar do feijão preto das tradicionais feijoadas paulistas e cariocas, a *maniçoba* contempla a folha triturada da mandioca, de um verde tão escuro, que se confunde com o negro do feijão de São Paulo e do Rio de Janeiro. Sob o número 6 incluí a receita da feijoada paraense em meu caderno.

Também gosto de lembrar os tradicionais casquinhos de muçuã ou tracajá. Vittorio insistia sempre para que eu experimentasse essas tartaruguinhas de água doce, cujo consumo, naquele período dos anos 1980, estava completamente proibido pelo risco de extinção. Só mais tarde, quando voltei a rever Belém, na festa do Círio de 2000, pude experimentar o prato. O consumo estava liberado, desde que a carne proviesse de criatórios e abatedouros autorizados pelas autoridades competentes. Ao lado do Castelo do Forte (ou Forte do Presépio), construção do século XVII, com vista para a baía de Guajará e para as embarcações ancoradas nos fundos do Ver-o--Peso,[5] saboreei a carne delicada das muçuãs, servidas em uma espécie de cumbuca imitando pequenas carapaças. O restaurante estava instalado na Casa das Onze Janelas, um dos mais importantes edifícios históricos da cidade. Consegui ali a receita dos casquinhos (número 7 de meu caderno), diretamente com o chef, que foi muito gentil.

Apaixonado como fiquei pela culinária paraense, estava sempre atrás dos sabores diferenciados da cultura indígena, influenciada pela africana e europeia. Aproveito para destacar o *filhote*, que é o maior entre os peixes de couro de água doce;[6] sem ele qualquer enumeração de pratos típicos do Pará estaria capenga. De carne versátil, rende filés inteiros que podem ser assados, fritos, cozidos e grelhados na chapa.

31.

De 1965 a 1975, mais ou menos, a família de Antenor não possuía sequer uma televisão em casa. Para demonstrar o que isso significa, basta lembrar que era um tempo em que as favelas mais miseráveis de São Paulo já contemplavam milhares e milhares de espinhas de peixe sobre espetos, em alumínio, que se estendiam como plantações sobre os telhados de zinco e de amianto da periferia da capital.

Belém do Pará, onde moravam, tinha uma atmosfera de história que pairava no ar como uma névoa de energia, mas era tão triste e pobre, que a maioria das pessoas humildes vivia sobre palafitas na beira de igarapés poluídos pelos esgotos dos bairros periféricos. Vivendo ali, a família de Antenor suportava uma miséria ainda maior que a dos ocupantes das favelas das grandes metrópoles do Sul do Brasil. Apesar disso, a desvantagem de não poderem usufruir à noite de uma televisão, por exemplo, seria uma das razões da sobrevivência digna dos filhos de Antenor no futuro.

Ele vinha de uma família de imigrantes portugueses e espanhóis bem-sucedidos nos tempos da opulência que o ciclo da borracha fez emergir na região Norte do país. Seus avós enriqueceram e passaram a integrar a aristocracia rural do início do século XX junto aos estados do Amazonas e do Pará.[7]

Nesse período, a economia paraense se alavancou e levou Belém a crescer de forma tão desordenada quanto alarmante. No censo de 1900 a cidade registrou uma população de 96.560 habitantes! Se isso não é um exagero para os dias de hoje, para aquele início de milênio era um verdadeiro absurdo, especialmente se considerarmos a pequena e esparsa ocupação de toda a Amazônia. O panorama de pobreza absoluta que ali predominava até então se metamorfoseou como um sapo em príncipe e surgiram grandes fortunas, embora concentradas nas mãos de pouquíssimas pessoas.

Os avós de Antenor aproveitaram as vantagens proporcionadas pelas riquezas construídas de forma inesperada. Endinheirados, passaram a fazer viagens frequentes para os centros mais adiantados do mundo, ampliando seus horizontes antes restritos. E assim, eles e seus filhos absorveram as influências da cultura francesa diretamente de onde elas floresciam: da capital do mundo daquele tempo – Paris. A geração do pai e dos tios de Antenor cresceu nos melhores colégios dos grandes centros, foram alunos dos mestres mais prestigiados, estudaram música, pintura, literatura, artes cênicas e se distinguiram em poesia.

Quando Antenor nasceu, entretanto, seus avós já haviam morrido e a família enfrentava tempos de irreversível decadência. A borracha do Amazonas e do Pará havia perdido a hegemonia para os seringais que se alastraram na África e o mercado internacional se desinteressou pelo látex brasileiro. O resultado foi a ruína da família inteira. Perderam tudo o que tinham, consumando-se, inexoravelmente, a previsão maldita: pai rico, filho nobre, neto pobre.

Porém, apesar de ter sido lançado pelas circunstâncias a um ponto muito abaixo da linha da pobreza, inclusive por causa de dificuldades físicas oriundas de um atropelamento que quase o deixou em uma cadeira de rodas, Antenor conseguiu conservar sua herança mais preciosa. Manteve consigo a educação e a cultura que seu pai adquiriu nos tempos de opulência e transmitiu a ele na dosagem certa desde criança. Isso proporcionou a Antenor os meios para reverter a desvantagem de não possuir sequer uma televisão para entreter a família. Graças ao seu espírito, educação e cultura, ele criou condições para que todos os seus filhos, partindo dos últimos degraus da escala social, se tornassem pessoas cultas e preparadas. Em comparação com a vida que tiveram na infância, o avanço de todos eles foi gigantesco. Crianças pobres que andavam descalças pelas ruas a vender alimentos caseiros e peças de artesanato, até mesmo velas nos cemitérios de Belém, acabaram cursando faculdades, falando várias línguas e adquirindo uma cultura de fazer inveja a muitos doutores. E tudo isso apesar das condições de miséria de uma das regiões mais pobres e abandonadas do Brasil de então: a periferia de Belém do Pará.

À noite, na hora do jantar, Antenor reunia todos os filhos e ensinava a eles o que sabia em matéria de educação e cultura. Em vez de permanecerem absorvidas pelas imagens de uma televisão, como acontecia na maioria das casas, no momento das refeições as crianças de Antenor liam trechos de romances e contos em voz alta. Também declamavam fábulas e poemas dos melhores escritores e poetas que desfilaram pelo mundo desde a Antiguidade e até a época contemporânea. Desenvolviam ainda sua cultura mediante atividades que exigiam raciocínio e habilidades artísticas, como os jogos de mímica e de interpretação de textos, por exemplo. E lideradas pelo violão de Antenor, um excelente músico, as crianças cantavam todos os tipos de música, especialmente as canções mais antigas do cancioneiro paraense e nacional.

Particularmente Isadora, a quinta dos oito filhos, ao ler histórias que se passavam em outras cidades, regiões, continentes e mundos, começou a se encantar com a Europa, em especial a Itália e a França. Ainda pequena, lia tudo sobre esses países e anunciava que neles moraria um dia, o que provocava risos de todos. Imagine: uma coitadinha, nascida em uma das famílias mais pobres de Belém do Pará, morar em cidades como Roma e Paris?...

Isadora, porém, sonhava e sonhava. Voaria para todas essas cidades, pois era um *cavalo de fogo*; não permaneceria para sempre naquela vida; conheceria outros mundos, outros lugares, pessoas, línguas e canções. Em certo momento, quando já estava com dezenove para vinte anos e era cantora da noite belenense, ela se envolveu com um jovem médico italiano, que a convidou para viver com ele em Milão, na Itália. O convite era tentador, pois Isadora gostava do moço; estava ali uma chance que não poderia desprezar. Foi então que surgiu em sua vida o paulista Pérsio Ângelo da Silveira, o mesmo Pérsio que nos conta sua história de amor e que exige uma vigilância permanente sobre sua narrativa. Isso mesmo: vigilância e interferências complementares ao longo de seu relato, recheado de omissões e lacunas.

Os paulistas, vivendo em um estado tão rico como São Paulo, nunca tiveram a menor noção do que ocorria e ocorre pelo Brasil afora. Só souberam que o Maranhão era tão pobre como é, por exemplo, depois que a família Sarney não conseguiu mais esconder os índices de miserabilidade do lugar que pilhou por cerca de cinquenta anos. E então, aqueles paulistas ingênuos como Pérsio, que sempre usufruíram de situações privilegiadas, inclusive por razões familiares, não tinham a menor consciência de que pertenciam a um mundo completamente estranho à realidade nacional. Quase só frequentavam cidades de grande riqueza, como Nova York, Londres e Paris. Como entender necessidades, desejos e expectativas de pessoas humildes de lugares como a Belém do Pará da época dos fatos, então uma das capitais da pobreza nacional? E assim, a realidade é que Pérsio surgiu na vida de Isadora mais para angustiá-la e frustrá-la do que para beneficiá-la. Em um momento ele aparece como o príncipe que irá transformar sua vida de gata borralheira; no instante seguinte é fácil ver que ele não fará nada, absolutamente nada: agirá como alguém que recebeu de Thor um raio paralisante.

Mas esse comportamento inerte lhe valerá um grave castigo, uma espécie de condenação. Pérsio vagueará pelo mundo durante anos e anos seguidos carregando a marca pessoal detectada na era medieval por Francesco Caroletini. Nem mesmo quando voltou a se envolver com Isadora, na segunda década deste século XXI, Pérsio venceria a síndrome hedionda apontada pelos psiquiatras de quase todas as equipes que o trataram ao longo dos anos.

32.

(Fragmento do prontuário médico de Pérsio Ângelo da Silveira)

Todos os psiquiatras que já passaram por esta equipe de estudos centrada em Pérsio têm tido ao longo dos anos uma posição científica coesa, no sentido de manter, com firmeza, o diagnóstico apresentado desde os primeiros estudos: Pérsio revela, sem dúvida, os sintomas delineados por Francisco Caroletini, que viveu no século VI e foi um dos precursores mais curiosos da moderna psiquiatria. Foi Caroletini, sem dúvida, o pioneiro no diagnóstico da marca de personalidade que então batizou com o nome esdrúxulo de estigma da solidão perpétua, doença que hoje é conhecida nos meios científicos mais adiantados como a síndrome do ermitão social.

Conforme Caroletini defendeu em seus estudos, essa seria uma doença mental capaz de transformar de tal maneira a natureza do indivíduo afetado, que deixaria em xeque-mate a própria visão do homem como animal social, característica que, desde Aristóteles (século IV a.C.), sabemos ser muito mais acentuada nos seres humanos do que nas abelhas e em outros animais gregários.

33.

Depois de muito remexer junto aos órgãos públicos de Belém, especialmente o Instituto de Terras do Pará, meu trabalho chegou ao fim, sem o sucesso esperado – não foi possível regularizar as terras. Consegui apresentar ao Grupo Avanhandava um caminho para a solução, mas esbarrava na inviabilidade econômica. Exigia investimentos consistentes, de modo que o Grupo optou por não conservar mais aquelas terras, preferindo cedê-las a alguém que assumisse a regularização (que até 2010 não havia ocorrido, segundo me informei). Abriu-se a possibilidade de reivindicar os honorários profissionais combinados, equivalentes a 40 mil hectares de terras, ou seja, dez por cento do todo. Porém, o que eu faria com essas terras juridicamente irregulares, se o trabalho de regularização e ocupação exigiria investimentos proibitivos, como eu mesmo havia constatado? Preferi, então, abrir mão da fazenda de búfalos com a qual havia sonhado tanto. Não ganharia dinheiro ou bens, mas o meu lucro pessoal – um tesouro definitivo – já estava contabilizado e depositado para sempre em minha memória.

Essa foi a minha posição individual, mas não a de Vittorio, que não aprovou a decisão do Grupo, sentindo-se frustrado pelo fato de ter dedicado inutilmente cerca de dez anos de trabalho. Achava que havia dado por aquelas terras os melhores anos de sua vida:

– Imagine, Pérsio, quase morri de tanta cachaça que fui obrigado a tomar pra negociar a compra das áreas. Precisei até me deitar com uma juíza de direito caga-regras pra ganhar uma ação importante! Quem vai me pagar tudo isso?

Vittorio narrava, então, que um dia ele e a juíza saíram com um barco a remo e ficaram à deriva enquanto faziam amor. Quando deram por si, estavam perdidos. Ele passou a remar para cá e para lá, mas sem ter qualquer noção do caminho de volta. A ponto de entrar em desespero, notaram uma grande embarcação a motor naquela imensidão de água doce. Gritaram e gritaram o mais que podiam, mas ninguém parecia ouvi-los. Em dado momento, porém, Vittorio berrou para a juíza tirar a blusa vermelha e abaná-la ao vento.

– Não posso; estou sem sutiã!

– Então tira de uma vez! Vai chamar mais a atenção. Tira!

– Eu sou juíza da Comarca de Belém, Vittorio! Não posso ter um comportamento desses.

– Se não quer que a barca vá embora faça logo o que eu disse. É melhor mostrar os seios do que ficar perdida para sempre. Pelo amor de Deus, tira logo essa blusa!

Graças ao *top less* da juíza eles conseguiram se salvar. Ela não era nenhuma beldade, mas possuía seios firmes e bem constituídos, o que salvou a vida dos dois, segundo Vittorio...

34.

Quando o jovem médico italiano convidou Isadora para viver com ele em Milão, ela só não aceitou imediatamente porque vinha pensando em construir sua vida em São Paulo e não mais na Europa, como sempre havia sonhado. Vários músicos paraenses tinham saído de Belém para São Paulo e suas carreiras logo se projetaram em todo o cenário nacional, como aconteceu com Fafá de Belém e Leila Pinheiro, por exemplo. Segundo Pérsio, a terra paulista garantiria chances superiores às de Paris ou de Roma. Mas Isadora precisava de alguém que custeasse sua vida nos primeiros tempos da mudança e o falastrão Pérsio se fingia de morto e nada lhe oferecia. Quanto ao médico italiano, ao contrário, havia sido bem claro e transparente:

– Venha comigo para Milão. Em pouco tempo você arranjará uma ocupação e, se quiser, poderá viver sozinha do fruto de seu trabalho. Até lá, eu arcarei com as suas despesas e custos.

Isadora acreditava, porém, que logo ouviria uma proposta semelhante para morar em São Paulo. É bom que se esclareça: ela *acreditava*, mas Pérsio jamais haveria de fazer uma proposta semelhante. Ela aguardava e sonhava com um convite dele que tornasse possível a sua sobrevivência financeira na terra paulista por um tempo, durante o qual se viabilizaria sua projeção como cantora, além do aprofundamento daquela relação amorosa tão bonita que os dois estavam vivendo. Com a carreira profissional de advogado em ascensão, Pérsio tinha amplas condições para proporcionar a ela uma situação tranquila e segura. E então, por que nada propunha?

É evidente que a relutância dele em assumir uma posição definida só podia angustiá-la e desiludi-la. Pérsio parecia ter um medo absurdo de assumir algum compromisso, vacilando a todo o momento. Às vezes Isadora procurava conversar sobre o assunto, mas sentia que era inútil contar com ele. Teve certeza disso no dia em que o levou para conhecer o Emílio Goeldi, na avenida Magalhães Barata, museu instalado numa área de cinco hectares que abriga toda uma floresta amazônica plantada no centro de Belém desde 1866.

A quantidade de animais camuflados deixava Pérsio atento a quaisquer movimentos na vegetação para fotografar algum exemplar entre as centenas de variedades que vivem ali. E a cada momento ele parava e olhava para ao alto, surpreendido com o tamanho de árvores como a samaúna, adorada por muitos dos povos da floresta, que a cultuam como a "mãe da humanidade".

Há no parque do museu peixes de água doce, até mesmo pirarucus, que circulam por lagos e ribeirões entre vitórias-régias imensas, algumas com cerca de dois metros de diâmetro. O paulista, que só conhecia essas plantas de imagens nos livros, ficou surpreso ao saber que suas flores desabrocham à noite – brancas e perfumadas – e começam a morrer ao receberem os primeiros raios do sol, quando adquirem também as cores lilás, roxa, rosa e até amarela. Não sobrevivem mais de quarenta e oito horas.

Pérsio e Isadora iam conversando, quando ela, cansada de todas as evasivas dele quanto à relação dos dois, perguntou-lhe com evidente mágoa:

– Parece que tens medo de mim! Acha que posso fazer-te algum mal? Prejudicar a ti?

Depois de ver tantos animais ali pelo parque, talvez pensando que fosse um sujeito muito esperto, Pérsio narrou a seguinte fábula que havia tirado de um livro:

> Era uma vez um cravo vermelho, que nasceu e cresceu sozinho no meio de uma pradaria imensa. Ora o calor do sol o aquecia, ora os ventos e as tempestades o fustigavam. Com o entardecer, algumas vezes surgiam noites nubladas ou chuvosas, mas quase sempre eram límpidas e iluminadas pela lua e pelas estrelas. Ao amanhecer, o ambiente se alegrava com o cantar dos pássaros e com o movimento dos animais silvestres.
>
> Mas o cravo vivia sempre sobressaltado. Vários seres diferentes dele circulavam pela pradaria, ameaçadores: galinholas ciscavam ao seu lado; cavalos pastavam nas imediações; porcos-do-mato fuçavam a terra ao seu redor. O tempo inteiro havia algo que o amedrontava, tirando-lhe todo o sossego.
>
> Surgiu-lhe um belo dia, entretanto, a mais linda corça que já existiu no mundo. Um animal tão belo como aquele não lhe faria nenhum mal, de modo

que ele, além de não ter se assustado, venceu sua timidez e surpreendeu a corça com o seguinte discurso:

– Como é maravilhoso vê-la assim tão bela, linda corça! Estou sempre só nesta pradaria tão grandiosa e venho sonhando todos os dias com alguém para dividir minha solidão.

A corça sorriu e esse foi o sorriso mais luminoso de que jamais se teve notícia no mundo. Várias vezes as pálpebras dela se abriram e se fecharam lentamente, revelando, entre um bater e outro de longos cílios, olhos escuros de uma ternura tão cintilante quanto as águas que descem pelas montanhas da serra dos Carajás, no sul do Pará.

A linda corça aproximou-se do cravo, cheirou-o e olhou-o com o mesmo carinho que uma mãe revela ao olhar um filho pequeno dormindo. Em seguida, como que a envolvê-lo por um longo beijo de amor, abraçou-o com sua língua quente e... zás! De um golpe só ela o engoliu. Nem precisou mastigá-lo, de tão eficiente que foi o seu movimento.

– Veja bem, Isadora. É lógico que nem penso em me comparar com um cravo desamparado no meio de uma pradaria. Mas posso afirmar que você é tão hipnótica e atraente quanto a linda corça. Tenho medo de que seja tão perigosa para mim quanto ela para o cravo.

É inacreditável a ingenuidade de Pérsio! Com essa historinha de final previsível ele determinou, sem querer, o destino de Isadora. Foi assim que ela se viu sem nenhuma alternativa de futuro ao lado dele, restando-lhe apenas a possibilidade de aceitar a proposta do médico italiano. Isadora assimilou, então, mais essa nova desilusão amorosa; decidiu esquecer o acovardado Pérsio e aceitou o convite do médico italiano, mudando-se para a Itália no final do ano de 1986.

35.

Lamentei não ter achado um caminho para a regularização das terras de Oeiras. Além da frustração pelo insucesso, morreu ali o sonho de ter minha fazenda de criação de búfalos e plantações de açaí. Confesso, no entanto, que tive alívio ao terminar os serviços: não precisaria mais lidar, em Belém, com toda aquela minha nostalgia. Isadora havia me abandonado no Brasil meses antes e eu fiquei por aqui falando sozinho, desamparado como o cravo da fábula. Bebendo nos botecos pelas madrugadas de São Paulo, eu era como o galo triste da música, perdido em toda a sua solidão.

Difícil explicar a nostalgia. Uma tristeza suave me invadia com o simples volver de olhos para o passado e estrangulava o meu coração devagar, mas com a firmeza de um torniquete. E a lembrança se perdia no vazio que sempre me torturou; no vácuo que eu sentia desde quando, em criança, percebi pela primeira vez a força da falta de amor e da indiferença.

E a cidade de Belém, que tragédia... Antes tão alegre e cheia de vida, parecia invadida pelas sombras. Era como se tivesse sido tomada por alguma névoa negra e chuvosa. Belém havia perdido todo o seu charme e encantamento, provocando em nós, Vittorio e eu, um permanente estado de prostração. Certa vez até deixei a cidade para acompanhá-lo até Manaus em plena sexta-feira, abrindo mão das baladas do fim de semana. Jamais faria isso se Isadora estivesse lá.

Vittorio precisava estar em Manaus no sábado, a trabalho. Fui junto só para passear, por minha própria conta, e acabei tomando um susto: a capital do Amazonas parece tão próxima de Belém, não parece? Mas é muito mais distante do que imaginamos. Quase caí de costas quando fui pagar a passagem aérea: são mais de 1.200 km de distância! Aterrisamos em Manaus no final da tarde, indo direto para o Hotel Tropical, que é afastado da cidade.

A piscina estava lotada de gente, turistas estrangeiros em sua maioria. Havia uma mulherada bonita de biquíni, que corria alegre para cá e para lá. A noite prometia uma excelente balada. Pois tivemos uma surpresa às avessas: não eram nem 20h quando o ambiente da piscina se esvaziou por completo e o hotel se transformou de repente em uma espécie de monastério medieval, de tão silencioso e sombrio. Todo aquele povo feliz desapareceu como mágica e foi dormir. Graças à habilidade de Vittorio conseguimos convencer os garçons do bar da piscina a deixarem conosco, antes de se retirar, um balde cheio de gelo e garrafas de cerveja. Fomos dormir cedo na marra, mas gostei de fechar os olhos pensando em Isadora e em nossa despedida de alguns meses antes. Em que ponto do mundo ela estará neste instante? Estará mesmo na Itália?

O hotel acordou de madrugada, umas 5h30. Eram tantas as línguas diferentes que se ouvia que eu me senti um figurante daqueles filmes decrépitos que retratam a construção da Torre de Babel. Estrangeiros e mais estrangeiros falavam, gesticulavam e discutiam entre si, todos prontos para sair em bandos pelas selvas a fim de caçar borboletas e fotografar macacos. Atividade bem mais moderna do que a caça à raposa dos ingleses, a caça às borboletas esbarra na lição de Mario Quintana: *O segredo é não correr atrás das borboletas... É cuidar do jardim para que elas venham até você.* Quanto a fotografar macacos, não me lembro de nenhum poema que cuide de algo parecido, exceto a música, na voz de Raul Seixas – ... *ir com a família ao Jardim Zoológico dar pipoca aos macacos...*

Acompanhei meu parceiro em seu trabalho e aproveitei para conhecer um pouco de Manaus. Almoçamos com mais algumas pessoas em um restaurante à beira do rio Amazonas e tive a oportunidade de devorar um tambaqui na brasa.[8]

Além da água doce do *Mar Dulce* e dos barcos de pescadores ancorados nas imediações do porto, Manaus tinha em comum com Belém as muitas cicatrizes do tempo da riqueza da borracha, no começo do século XX. A arquitetura das antigas casas, muitas delas deterioradas, quase caindo aos pedaços, mostrava as marcas dessa riqueza de que hoje ninguém mais se lembra. O Teatro Amazonas era e ainda é uma bela lembrança do passado em que o dinheiro passou pela cidade como o vento ligeiro que se perde para sempre no horizonte.

36.

Vittorio e eu estivemos juntos em Belém ainda uma última vez, em outubro de 1987, no Círio de Nazaré daquele ano. Depois disso, imaginando a possibilidade de reencontrar Isadora, só consegui voltar à cidade para o Círio do ano 2000. Hospedei-me novamente no Hotel Equatorial, que não havia mudado quase nada; mas estava tão decadente... As raras reformas daqueles anos todos haviam piorado bastante sua aparência, embora sua decoração interna tivesse sido mantida quase inalterada. Para se ter uma ideia, as cortinas e as colchas das camas eram do mesmo tecido e do mesmo estampado de treze anos antes!

Apertou-me o coração a lembrança dos momentos de amor na penumbra, quando eu me fixava nos olhos de Isadora e quase me perdia dentro deles... Embora fossem escuros como as águas do rio Negro, eram ao mesmo tempo transparentes como cristal: a ponto de revelarem na escuridão de suas íris toda uma fila de lágrimas sempre prontas para debandar.

Considerada a *cidade das mangueiras* a partir da segunda metade do século XIX, naquele início de milênio Belém não havia mudado muito desde que a conheci. Um prédio tinha sido restaurado aqui, enquanto outro havia se deteriorado ali. A reforma da Estação das Docas era o acontecimento de real importância daqueles anos. Na década de 1980, aquela região da cidade estava completamente abandonada; no final da década de 1990, entretanto, vários galpões de ferro inglês do antigo porto da capital estavam reformados e o local havia se transformado em um dos melhores espaços públicos belenenses para o lazer da população e dos turistas.[9] A todo o momento eu ia para a Estação das Docas, na esperança de reencontrar Isadora no meio das pessoas. Como um bobalhão, eu perguntava por ela aqui e ali; mas, depois de tantos anos, ninguém mais se lembrava dela, ninguém mais sabia quem era...

Revi o Hotel Hilton e tomei tacacá nas imediações do Bar do Parque, caminhando sob o túnel de mangueiras centenárias, de mais de vinte metros de altura, cujos galhos se entrelaçam sobre o calçadão de mosaico português da praça da República e sobre o asfalto da avenida Presidente Vargas. Voltei a me impressionar com algo que sempre me impressionou muito na cidade – a música ao vivo. À noite ela continuava rolando solta por todos os cantos; nos restaurantes, bares, botequins e até nas ruas sempre havia alguém tocando, batucando, cantando ou declamando; às vezes a gente via o pessoal dançando o carimbó – dança típica paraense, criada pelos tupinambás, apimentada pelo batuque africano e adoçada pelas marcações de ritmo portuguesas e espanholas (mãos e dedos castanholando). Aproveitei também para conhecer lugares que não tinha conhecido em 1986 e 1987: estive nas praias de rio da Ilha de Mosqueiro (praia do Chapéu Virado, Marahu, Carananduba etc.), o único balneário do mundo a ter praias de água doce com ondas capazes de atrair até surfistas; conheci a orla de Belém em passeios de barco e excursões às ilhas fluviais da região; fiz programas turísticos na capital e fui a lugares que nem imaginava existirem. Depois, conheci a Ilha do Marajó, levado por uma embarcação a motor, num trajeto de pouco mais de três horas. Não era uma embarcação qualquer: pelos meus cálculos caberiam ali umas seiscentas pessoas, no mínimo, sem falar na bagagem viva dos cães e gatos *habitués*, além das galinhas, perus, papagaios, porquinhos e até um jumentinho com algumas semanas de vida.

A agência de turismo havia cedido para mim um lugar na primeira classe, instalada num salão resfriado por um ar-condicionado eficiente, mas com o rugido de um avião. O recinto tinha capacidade para umas sessenta pessoas, mais ou menos, acomodadas em poltronas estofadas por tecidos de plástico desbotados, gastos e remendados. Notei três quadros de avisos informativos pregados nas paredes e fiquei com vontade de arrumá-los, pois estavam os três completamente tortos. O carpete no piso também dava má impressão, não só pela cor acinzentada da sujeira acumulada, mas pelas manchas de chicletes secos pisoteados. Naquele salão ficava confinado o meu grupo – o dos privilegiados –, enquanto a gentarada lá fora, num calor de quase quarenta graus, disputava como podia os banquinhos de madeira que ficavam nas áreas sombreadas do grande convés.

Resolvi dar uma volta pelo interior da barcaça e fiquei envergonhado de estar aproveitando o conforto do ar-condicionado e das poltronas mambembes, enquanto aquele povo todo sofria no calor e no desconforto dos assentos de madeira. Considerando minha condição saudável e minha idade de apenas quarenta e nove anos, senti como se estivesse gozando de privilégios especiais imerecidos: boa parte daquela gente era composta por pessoas idosas, mulheres grávidas e crianças pequenas, todos fazendo muito mais jus do que eu a acomodações com um mínimo de conforto.

Uma velhinha chamou-me a atenção pelo estado de esgotamento e desânimo. Aparentando mais de noventa anos, estava toda molhada de suor por causa do esforço para manter na coleira um porquinho rebelde, hiperativo e incansável. Como ela tivesse exibido um sorriso amigo, embora desdentado, resolvi perguntar se não preferia ir para a primeira classe, enquanto eu ficava lá fora tomando conta de seu companheiro. Convenci o porteiro do recinto a aceitá-la em meu lugar e me senti leve e satisfeito ao ficar com a tarefa de acalmar o porquinho, enquanto minha protegida descansava sentadinha na primeira classe, acariciada pelo frescor que o velho e barulhento ar-condicionado assoprava.

Chegando à ilha, permaneci uns três dias em uma cidade chamada Soure, onde me espantei ao ver os policiais fazerem patrulhas e rondas usando como montaria búfalos, cujos rebanhos eu tinha visto anos antes de avião, se espalhando pelos alagados e pântanos como manchas escuras.

Para quem vê o mapa do Norte do Brasil, a Ilha do Marajó fica na frente da cidade de Belém,[10] de onde seria visível se os olhos humanos pudessem vencer distâncias tão grandes e se não existisse a Ilha das Onças a se interpor entre Belém e Marajó, cujo lado oeste é coberto por florestas amazônicas, enquanto o leste é uma grande savana, cheia de pastagens alagadas. Embora vivam nesses pântanos centenas de manadas de cavalos marajoaras descendentes de equinos árabes trazidos pelos portugueses, o rebanho mais numeroso e importante é o dos búfalos, base da alimentação, do vestuário, dos meios de tração e de transporte da ilha. Naquele ano de 2000 havia ali quase três vezes mais búfalos que pessoas e eles passeavam livremente pelas ruas de Soure e Salvaterra, as cidades mais importantes de toda a região.[11]

O mais célebre prato típico da ilha, o *frito do vaqueiro*, é inteiramente baseado na carne desses animais. Foi idealizado na cozinha das fazendas para os trabalhadores que lidavam com o gado bubalino e precisavam ter provisões que garantissem sua alimentação por longos períodos no campo, às vezes mais de um mês. Os vaqueiros acondicionavam porções do *frito do vaqueiro* em latas e as levavam para se alimentarem nos intervalos do trabalho de campo. Hoje, segundo eu me informei, é possível experimentar esse prato em vários restaurantes das cidades de Soure e Salvaterra.

Naquele tempo, apesar de Isadora protagonizar todos os meus pensamentos amorosos, eu ainda não havia me interposto em sua vida, como faria mais tarde, com um viés até sobrenatural.

37.

Na Itália, em fins de 1986, Isadora se instalou inicialmente na casa de Matteo Carnivalle, o médico italiano que a levou para Milão. A partir desse momento os dois começaram a viver uma relação fundada no afeto e no companheirismo, ingredientes que, como sabemos, acabam levando ao amor. O breve romance de Isadora e Pérsio, apesar das marcas que deixou, em pouco tempo estava quase esquecido. Mesmo Pérsio, em São Paulo, começava a acreditar que todo o seu amor pela jovem desapareceria como tudo na vida. Uma dor, uma tristeza ou uma alegria passam, não passam? Com o amor será diferente?

De seu lado, ao mesmo tempo que o esquecia, Isadora se afeiçoava cada vez mais a Matteo, outra desilusão amorosa que haveria de sofrer. Seria essa sua sina? Teria alguma relação com os incidentes de seu nascimento, infância e adolescência? Teria relação com o *cavalo de fogo*, seu signo oriental?

Quanto mais Isadora se apaixonava por Matteo, mais se convencia, como uma vidente do próprio futuro, de que também o médico seria uma fonte de sofrimentos. Ambos se gostavam de uma maneira muito especial, mas as interferências da mãe dele, que morava na mesma casa, mostravam que a vida amorosa dos dois terminaria com algum desastre. *Signora* Lorenza se encarregaria disso. Alguns homens se deixam subjugar por mães superprotetoras, um problema quando se casam, especialmente se a mãe do indivíduo for alguém como a *signora* Lorenza. Isadora, a *maledetta zingara*, como foi apelidada intimamente pela sogra, era jovem e ingênua demais para enfrentar as armadilhas que encontraria em seu caminho.

A questão mais grave não era propriamente o ódio e o desprezo da sogra com relação à nora, mas o comportamento do filho diante da incompatibilidade das duas. Em vez de procurar uma posição de mediador, Matteo acabava sendo justamente a causa motriz que inflamava a disputa das duas antagonistas. Numa posição sempre favorável à mãe, ele contribuía involuntariamente para fomentar a inimizade das duas. Todo o seu apoio era sempre direcionado à *signora* Lorenza – *pobre velhinha carente de afeto e compreensão*, ideia que a mãe vendia e ele comprava. Matteo jamais aceitava as versões da companheira, preferindo acreditar nas mentiras que lhe contava a mãe. De sua parte, Isadora era vítima de uma marcação cerrada e a todo instante caía em alguma armadilha.

Depois de três anos de disputas, a sogra nocautearia a nora de forma trágica, acarretando a ruptura da relação do filho de uma maneira até surreal, de tão maquiavélica e draconiana. Do dia para a noite Isadora perdeu Matteo e se viu com a reputação arrasada, sem lugar para morar, sem amigos e sem ninguém que pudesse aceitar sua versão desajeitada e bisonha dos fatos. E enquanto a *signora* Lorenza gargalhava sozinha de satisfação, a nora não permanecia mais que dez minutos sem chorar.

38.

As vitórias que a *signora* Lorenza contabilizava atingiam a *zingara* por todos os lados. Isadora era sabotada até quando preparava algum petisco para agradar o companheiro. A sogra chegava a ponto de acrescentar às escondidas ingredientes para estragar os produtos ainda nas panelas. E Matteo, em sua pureza, não se cansava de lembrar que os pratos da mãe, sim, eram sempre impecáveis.

Mas não era só isso que acontecia.

Certa vez Matteo pediu a Isadora que passasse uma camisa para um evento do dia seguinte. Pois não é que a *signora* Lorenza aproveitou-se de um descuido de vigilância e queimou a camisa com o ferro de passar roupas!... Como esperava, o filho ficou possesso com Isadora, não tanto pelo dano, mas pela firmeza com que esta negou qualquer responsabilidade.

– Mas foi você quem passou a camisa! Quem poderia tê-la queimado?

– Tu sabes que há outras pessoas em casa, Matteo.

– Outras pessoas? Só há a minha mãe; você está insinuando que pode ter sido ela? Fico decepcionado: você jamais assume seus erros; está sempre tentando incriminar minha mãe. Como se ela tivesse intenção de prejudicar o próprio filho!...

O resultado dessas sabotagens é que a relação do casal ia se deteriorando aos poucos. Mas os propósitos da *signora* Lorenza certamente eram bem mais amplos. Tudo indica que ela ambicionava uma medida tão eficiente quanto o xeque-mate do tabuleiro de xadrez. Entretanto, em determinado instante da relação das duas, tudo mudou e a sogra adotou um comportamento completamente inesperado em relação à nora.

Em vez de agredi-la e maltratá-la, a *signora* Lorenza passou a buscar a confiança de Isadora, que logo estava se comportando de forma compatível com sua disposição permanente para perdoar, esquecer mágoas e enterrar ressentimentos. Certo dia, a sogra surpreendeu a jovem com o seguinte discurso:

– *Zingara*, querida, eu gostaria, sinceramente, que me perdoasse por tudo. Confesso que antes eu não imaginava que você pudesse ser uma boa opção para meu filho, mas vi que estava errada. Você tem sido muito boa para Matteo, que a ama muito. Dou a mão à palmatória e peço desculpas. Vou fazer de tudo para reparar meus erros.

*Olha a cobra, passarinho!**

A mudança na maneira de agir da *signora* Lorenza foi suficiente para acabar com as disputas. Isadora não só perdoou a mãe de seu companheiro, como também passou a se entender com ela maravilhosamente bem. Ficaram amigas de verdade e Isadora, longe de toda sua família, passou a encarar a sogra como uma espécie de mãe. Era tarde demais quando se deu conta da trama.

39.

Eu estava em São Paulo no dia em que Isadora partiu de Belém para a Itália, de modo que nossa despedida foi por telefone. Quanta choradeira... Ela deixou seus números em Milão, mas eu estava determinado a não procurá-la. Nas décadas de 1980 e 1990, com o Brasil atravessando crises gravíssimas que só seriam controladas a partir do Plano Real, não era tão simples assim pegar um avião para cá ou para lá. Portanto, se a distância de São Paulo para Belém já me doía daquele jeito, imagine uma distância três vezes maior? Eu não tinha condições psicológicas para dar-lhe qualquer telefonema: choraria demais, não conseguiria falar. Além disso, eu sabia que ela estava com o médico italiano e minhas emoções não admitiam esse fato, embora eu soubesse muito bem que não podia interferir na vida amorosa dela. Que direito teria de fazer isso? Não fui eu quem abriu mão de convidá-la para viver em São Paulo? É certo que algum medo oculto

---

* Do cancioneiro popular paraense.

havia me levado a não assumir meu amor por ela; mas Isadora não podia ser responsabilizada pelos meus medos, nem pela minha covardia. Portanto, eu precisava aceitar aquele estado de coisas sem reclamar.

Seria bom se tudo fosse assim tão simples. No entanto, como tirar da cabeça aquilo que está no coração? No começo, quando ainda imaginava que o amor passaria como uma brisa suave e se perderia na distância, eu recordava cada um dos meus dois acidentes quase esquecidos e constatava que não há desastre pior do que a ruptura de um amor. Cair de um telhado ou se esborrachar de automóvel não significam nada perto de uma separação como essa. No meu primeiro acidente – o do telhado – retornei da cirurgia com dores lancinantes. Foram necessários quatro ou cinco enfermeiros fortes para me amarrar à cama e anular minha luta ensandecida para fugir do hospital. No acidente de automóvel, tempos depois, eu já havia passado pela experiência da dor; logo percebi que não tinha nenhuma alternativa senão esperar. Entendi que precisava aguentar tudo da forma mais calma possível e torcer para que os dias passassem rapidamente e levassem com eles o sofrimento. E então, ao sentir aquelas dores do amor por Isadora, eu pensava: vai passar; logo não sentirei mais nada. Anos mais tarde não havia mais dores. Mas e o amor? Eu ainda o sentia tão forte como no primeiro dia em que me pilhei amando e nunca mais fui o mesmo.

Desde o momento em que ela partiu para Milão fui levando a vida em círculos, como um cavalo de tiro atrelado a uma moenda. Em determinado momento não aguentei e tentei os números de telefone que eu tinha; mas havia passado tanto tempo, que não a encontrei e ninguém soube dizer algo sobre o seu paradeiro. Onde ela estaria? Na Itália? Teria voltado ao Brasil? Não consegui nada em seu antigo telefone de Belém, cujo número agora pertencia a estranhos. Os sonhos que eu tinha habitualmente, embora não me contentassem, faziam com que Isadora permanecesse sempre em evidência. Demorou, mas chegou o momento em que me desesperei por não saber mais como localizá-la no mundo. Eu lamentava essa situação o tempo inteiro com Vittorio quando nos encontrávamos no final das tardes para tomar umas e outras nos bares da avenida Paulista, junto ao Masp. Éramos nós dois e toda a gente que trabalhava nas grandes empresas e bancos instalados na região. Comentávamos sobre as saudades de Belém e de Isadora, desaparecida talvez para sempre. Como faria para encontrá-la novamente?

Uma noite, no *happy hour*, depois de bebermos no velho Sandulícias, na alameda Santos, fomos jantar em uma cantina logo ali na rua Pamplona. Vittorio era músico de nascimento, embora tivesse enveredado para outras atividades, formando-se em agronomia. Enquanto conversávamos sobre nossas viagens no restaurante L'Osterie del Generale, uma dessas cantinas italianas de São Paulo lotada de camisetas de clubes de futebol dependuradas no teto, uma dupla tocava e cantava, indo de mesa em mesa a dedilhar um violão, agredir um pandeiro e balbuciar antigas músicas italianas e nacionais. Tocavam e cantavam tão desanimados, que a clientela nem se apercebia deles, como se fossem fantasmas invisíveis e inaudíveis. De repente, Vittorio chamou-os e pediu-lhes "As rosas não falam". Os dois se animaram com a iniciativa inesperada e começaram a tocar; meu parceiro emendou: – *Bate outra vez, com esperanças o meu coração... queixo-me às rosas, mas que bobagem, as rosas não falam, simplesmente as rosas exalam o perfume que roubam de ti...*

As conversas das mesas pararam quase que instantaneamente e o restaurante inteiro silenciou para escutá-lo. Reparei surpreso na expressão das pessoas – uma aura de emoção e brilho transparecia em seus rostos!

Senhores: não tenho explicação para o que houve ali naquele momento; alguma coisa do mundo incorpóreo de Vittorio fez com que seu espírito assumisse uma liderança natural sobre todos os presentes. Com o silêncio repentino das conversas e o estado de surpresa geral pelo som que partia da garganta dele, sua cantoria passou a circular pela atmosfera com tal firmeza e poderio, que ninguém mais no restaurante lotado conseguia ficar alheio ao que ocorria em nossa mesa. E Vittorio mal terminava uma canção e já era obrigado a iniciar outra para atender os ouvintes. Até a dupla de músicos ficou emocionada com as palmas que explodiam pelo salão.

– Pô, Vittorio, você nunca contou que tinha esse talento!

– Fui treinado nos chuveiros da vida, meu caro... Mas não pense em comparações: tenho boa voz, mas não sei requebrar. Quanto ao que você está pensando, no sumiço de Isadora, não se preocupe, parceiro, nós vamos achá-la no Brasil. Caralhos me fodam se não vamos!

40.

Isadora trabalhava de dia como vendedora em uma loja de instrumentos musicais, e à noite, graças a uma bolsa de estudos para estrangeiros, graduava-se no Conservatório de Música Giuseppe Verdi,* de Milão. A *signora* Lorenza, agora ocupada no papel de segunda mãe, surgiu um dia com uma proposta tentadora: pagaria um curso de extensão universitária em Roma, durante o período de um mês, conseguindo para Isadora, também, estada gratuita na *pensione* de uma amiga, em Garbatella.

– Mas não conte nada a Matteo: este é um segredo só nosso, minha *zingara*! Invente um trabalho, qualquer coisa, mas ele não pode saber que estou arcando com as despesas.

– Por que esse segredo, *signora* Lorenza? Tens o direito de me presentear; não acredito que Matteo possa reclamar.

– Ah, minha *zingara*... Ele não perdoaria o uso de minhas reservas tão minguadas de viúva num assunto de arte, sem possibilidades de um retorno financeiro. Ele sabe que meu falecido Giovannini jamais admitiria isso; não aceitaria mesmo que fosse para alguém como você, minha nora, quase uma filha.

– Mas, e se falares com Matteo? Tenho certeza de que ele acabará apoiando o gasto.

– Ora, minha *zingara*, você sabe o quanto ele é seguro quando se fala em dinheiro. Vai querer adiar o desembolso até um momento melhor. Mas eu quero vê-la brilhar logo! Estou velha, minha filha, não posso esperar mais.

A partir desse momento o destino de Isadora se definiu concretamente.

Naquele mês de março de 1990 ela chegou a Roma para iniciar seus estudos e foi para o local indicado pela *signora* Lorenza – a *pensione* de *zia* Olga, próxima da estação Basílica S. Paolo, da linha B do metrô romano.

Embora não fosse totalmente ingênua e já conhecesse muito da vida (apesar dos vinte e quatro anos completados no mês anterior), Isadora não perce-

---

* Faculdade de música fundada em 1808, o Conservatório de Música Giuseppe Verdi, de Milão, é prestigiado no mundo inteiro e considerado um dos principais centros de aprendizagem e criatividade da Itália, além de ser o seu maior instituto de educação musical.

beu de imediato que tipo de estabelecimento era aquele. Viu várias moças sentadas em uma sala, mas não desconfiou de nada. Em Belém nunca tinha visto algo parecido, e em Milão, como levava uma vida inteiramente voltada aos estudos, não tinha ideia do que poderia ser um bordel italiano, especialmente porque se tratava de uma casa de altíssimo nível de decoração, cheia de luxo e ostentação.

Bordel italiano?! Altíssimo nível? A *signora* Lorenza havia dado um jeito de instalar a mulher do filho em uma casa de putas. Naquela mesma noite, ao se deitar, Isadora já saberia que tipo de casa era aquela. *Zia* Olga cedeu-lhe um belo apartamento e pediu-lhe que descesse arrumada para o jantar, pois queria que ela cantasse para uma plateia seleta.

– Lorenza contou-me que no Brasil você ganhava a vida como cantora, não? Pois eu e meus amigos vamos querer ouvi-la esta noite.

Isadora desceu bem arrumada, maquiada, e apresentou-se antes do jantar. Ficou chocada. E nem havia saído o sol do dia seguinte, quando já falava ao telefone:

– Estou num puteiro!

– Como? Num puteiro, minha *zingara*? Mas não é possível! *Zia* Olga, minha amiga, sempre foi uma pessoa correta, não teria transformado sua *pensione* em um bordel, um lugar de *putanas*. Vou conversar com ela, imediatamente. Tranque-se em seu quarto e não saia em hipótese alguma. *Zia* Olga deu-lhe um quarto individual, não foi?

– Sim, mas...

– Fique aí, *zingara*! Não ponha os pés para fora de seu quarto. Vou apurar tudo e tomar as providências. Não se preocupe.

Naquela mesma tarde a *signora* Lorenza explicou que havia ocorrido um mal-entendido. Acalmou-a e disse-lhe que não se preocupasse mais com o assunto. Deu-lhe um endereço em local adequado.

– Pense apenas em seus estudos, minha *zingara*. Esqueça o que aconteceu.

Quando terminou o curso, pouco mais de três semanas depois, Isadora voltou apreensiva para Milão, porque Matteo não havia falado com ela nos últimos dois dias. Não adiantou telefonar várias vezes, de modo que, inclusive por instinto, ela sabia muito bem que algo estava errado. Lembrou-se dos tempos em que a *signora* Lorenza a boicotava e teve uma sensação de alívio: esse tempo já passou. Com toda a certeza não tinha nenhum dedo da sogra no caso. Se bem que, pensando melhor... a *signora* Lorenza também não está atendendo o telefone! Há algo de muito errado acontecendo. Mas o quê?

Logo descobriria.

41.

Ao fazer a primeira tentativa de entrar em casa, cerca de nove horas da noite, Isadora percebeu que sua chave não servia na fechadura. Bateu na porta, ninguém respondeu. Ao bater outra vez, surgiu na sacada do andar de cima a *signora* Lorenza:

– *Putana*! *Putana*! *Zingara putana*! Fora daqui! Volte para a sua freguesia, *putana*!

– Meu Deus, *signora* Lorenza, o que está acontecendo?!

– Fora, *putana*! Você desonrou meu pobre Matteo. Fora!

Abriu-se a porta e surgiu Matteo. O sorriso aliviado de Isadora nem surgiu no seu rosto e se desmoronou como um espelho apedrejado. A expressão do marido paralisou-a, e antes que ela pudesse dizer qualquer coisa, escutou:

– Não quero ouvir nenhuma palavra! Tome esta chave e volte amanhã às duas da tarde. Não haverá ninguém em casa. Pegue o que é seu e leve embora, se não quiser que eu mesmo jogue tudo no lixo. Depois, passe a chave por baixo da porta e desapareça para sempre. Nunca mais quero vê-la, nunca mais quero ouvir falar de você, sua *putana*!

– Matteo! O que acontece, Matteo? Tentei falar-te ontem e hoje, tu não me atendeste. Por quê?

O jovem médico bateu-lhe a porta na cara, não quis ouvir mais. E ela ficou ali parada, com os olhos se enchendo de lágrimas. Meu mundo... onde está meu mundo?

– Suma-se daqui, *zingara putana*! – despertou daquele entorpecimento mental ao escutar a *signora* Lorenza no pavimento de cima. – Pegue suas coisas amanhã, mas não vá furtar nada! Se eu der pela falta de alguma coisa, qualquer coisa, será trancafiada na cadeia pública, sua *zingara putana*.

Nos dias que se seguiram, Isadora, desesperada, ainda tentou abordar Matteo em vários momentos para saber o que havia acontecido. Ele não quis ouvi-la e foi isso o que mais a ofendeu e revoltou. O companheiro não lhe deu nenhuma oportunidade de se defender. Só muito mais tarde ela perceberia que a origem do problema estava em sua breve estada na casa de *zia* Olga. Mas nunca ficaria sabendo "da missa a metade" – expressão batida que reflete bem os acontecimentos.

42.

Dias depois da tarde em que Isadora tomou um avião para iniciar o curso em Roma, a *signora* Lorenza procurou Matteo e perguntou-lhe de forma séria e circunspecta:

– Filho *mio*, você já notou meus esforços para me entender com Isadora; eu e ela nunca mais brigamos. Tenho feito de tudo, mas, sinto falar: essa moça não é boa coisa. Você sabe o que ela foi fazer em Roma? Diga-me, filho *mio*: você tem ideia do que ela foi fazer em Roma?

– Pare com isso, *mamma*. Ela foi para lá a trabalho; foi convidada a fazer umas apresentações de música brasileira e não poderia perder a oportunidade; todas as despesas estão sendo pagas pela banda Tutti-Quanti, para a qual já trabalhou outras vezes.

– Não é verdade, Matteo. Tenho provas de que ela... desculpa, filho *mio*, mas tenho de mostrar o que você não consegue ver por si próprio! Isadora é *una putana*. Prostituta, filho *mio*. Meretriz! Não, não se zangue, veja o que encontrei no quarto de vocês por acaso. Leia esta carta que ela recebeu de uma *signora* chamada *zia* Olga, de Roma, cafetina das mais conhecidas.

Atordoado, Matteo pegou a carta em suas mãos:

Signorina Isadora,

Seu ensaio fotográfico mostra que você é muito bonita e está em excelente forma; belo rosto, belo corpo. Precisamos que venha para Roma fazer uma experiência. Tenho uma clientela selecionada que gosta muito das *brasilianas*. Se você fizer o sucesso que eu imagino, ganhará um bom dinheiro com essa experiência. Posso conseguir de oito a dez clientes por dia, pagando muito bem. Pelo sistema da casa ficamos sempre com 80% do michê. Mas, como seu físico lhe permitirá cobrar um michê bem mais alto que o normal, concordo em aceitar 60% para a casa e 40% para você nos primeiros tempos. Em um mês de experiência você já vai formar um belo pé-de-meia, tenho certeza.

Matteo não continuou a leitura. Telefonou imediatamente para os estúdios da banda Tutti-Quanti. Isadora tinha mentido: não havia apresentações programadas para aquele semestre em Roma. Matteo tomou um avião pela manhã seguinte, e foi até a casa de *zia* Olga, descobrindo que sua mulher esteve mesmo hospedada ali. Quis saber onde ela estava, mas foi informado por *zia* Olga de que Isadora teria ido para outro local, à custa de um dos fregueses que havia conseguido na casa.

– *Signore*. Essa moça, a *brasiliana*, chegou de Milão e um de nossos fregueses acabou levando-a para local que desconhecemos. Aliás, não gostamos do papel que ela fez, pois seu contrato conosco rezava que ficaria pelo menos um mês trabalhando na casa. Além de não ter cumprido esse prazo, acabou roubando um de nossos mais antigos clientes e não está prestando contas do que vem recebendo dele.

– É verdade – acrescentou uma morena que ouvia a conversa. – *Zia* Olga recebeu-a com todo o carinho, realizando até uma pequena festa para acolhê-la. Veja no álbum da casa as fotos mostrando a *brasiliana* a cantar para todos nós, na maior alegria. Ela não poderia ser mais mal-agradecida ao fugir com um dos melhores clientes da casa. Que papelão!

Matteo folheou o álbum de fotografias apontado pela morena e reparou nas dezenas de fotos de Isadora a cantar no palco da casa. Outras fotos apontavam casais em exibições de sexo explícito no mesmo palco da apresentação de Isadora. A seguir, os olhos de Matteo percorreram todo o ambiente, buscando selecionar, como numa varredura de campo minado, cada detalhe, cada peculiaridade que pudesse ajudá-lo a formar uma opinião sobre os fatos.

Reparou no movimento dos funcionários e prestou atenção no entra e sai de homens e mulheres. Observou os pormenores da decoração, da iluminação e o comportamento de todos que estavam ali. Quando saiu não precisava mais ouvir nenhuma explicação de Isadora. Tudo estava claro para ele: tão claro como um refletor marítimo aceso diante de seu nariz. Minha mãe saberá me aconselhar. Minha mãe saberá dizer como se lida com uma situação como esta.

E a *signora* Lorenza foi de fato "compreensiva" e encontrou, com carinho, todas as justificativas que ele precisava para esquecer o "mau passo", a "má escolha" que a vida o levou a fazer.

– Foi inexperiência, Matteo; não se recrimine. Às vezes temos que aprender sofrendo; temos que cair para aprender a levantar, como naquele provérbio japonês: *caia sete vezes, levante-se oito*. Não ligue não, filho *mio*, a *zingara* não perde por esperar: Deus castiga, você vai ver.

43.

Dias depois daquela noite de cantoria na L'Osterie del Generale meu telefone tocou de madrugada.

– Sou eu: Vittorio. O assunto é urgente. Pérsio do céu! Há uns quinze dias eu soube que uma cantora do Pará está fazendo uns shows em Teresina, lá no Piauí. Fiquei com isso martelando na cabeça, mas agora pouco eu soube que o avião do Grupo vai para lá fazer um serviço. Sai de Congonhas agora de manhãzinha, às 6h30; já avisei o comandante que você vai de carona. Tenho o pressentimento muito forte de que é Isadora quem está se apresentando por ali.

– Mas como você pode saber que é ela?

– Intuição, meu caro! Em primeiro lugar, o Brasil é o país dela: não acredito que possa ter ficado para sempre na Europa; com toda a certeza já está de volta. Em segundo lugar, o amigo que assistiu à apresentação dela outro dia deu-me uma descrição que só pode ser de Isadora: bonita, com a pele clara, cabelos e olhos bem pretos, e uma voz maravilhosa. Ela cantou "As rosas não falam"! Quem mais teria essa descrição, Pérsio?

– E o nome dela?

– Meu amigo não soube dizer; mas isso é só um detalhe...

– Pô, Vittorio! Como você pode saber que é Isadora?

– Tenho certeza! Trate de se aprontar para a carona; não há tempo para investigar; se manda para o Piauí e tira a dúvida a limpo. Depois conversamos. Você vai me agradecer para sempre.

Lá fui eu para Teresina, a capital mais quente do país.[12] Quando a porta do pequeno avião se abriu, na chegada, senti o mesmo que deve sentir um frango ao ser colocado vivo em um forno. Tentei escapar rapidamente para dentro da aeronave, mas o comandante me tranquilizou:

– É assim mesmo, logo se acostumará.

O calor que vinha do asfalto lembrava os desertos do planeta Mercúrio. Um ovo que se espatifasse naquele chão se fritaria em segundos – com a gema mole e as bordas da clara em rendas crocantes.

Fui procurar informações sobre Isadora, mas ninguém sabia de nada; procurei, procurei, mas não obtive nenhuma notícia dela. À noite fui atrás dos lugares de badalação para ver se a encontrava. Mas não seria naquela noite que eu localizaria pelo Piauí uma cantora paraense desgarrada. Sem sono, perguntei ao motorista do táxi se poderia levar-me à zona do meretrício. Não que eu estivesse interessado em algum encontro: as condições sanitárias dos bordéis daquele que então era o estado mais pobre do Brasil não autorizavam uma ideia maluca como essa. O que eu tinha era curiosidade de ver o funcionamento de uma dessas casas. (Muitos anos mais tarde, depois de ouvir Isadora falar sobre a casa de *zia* Olga, percebi que minha curiosidade tinha origem em alguma fagulha inicial dos poderes que eu acabaria desenvolvendo sem perceber.)

O motorista levou-me ao bordel mais importante. Eu já conhecia várias zonas de meretrício. Quando garoto, dos dezesseis aos dezenove anos, frequentei habitualmente em São Paulo a zona de Viracopos, praticamente uma cidade só de bordéis, onde o mais importante era o da Paraguaia. Você entrava, começava a tomar uma bebida e as mulheres ficavam circulando para se oferecer. Assim funcionavam os de São Paulo; quanto ao bordel de Teresina, tinha uma diferença fundamental: as profissionais eram simples meninas. Tinham pouco mais de doze anos! Paguei uma Coca-Cola para uma das "profissionais" e já vieram mais três conversar, uma delas grávida de poucos meses, com a barriga começando a crescer. Falei um pouco com elas e fui embora estarrecido.

Não saí mais à noite em Teresina; aquela incursão noturna havia sido suficiente. Permaneci até o final da semana aguardando o retorno do avião do Grupo a São Paulo. Usei o tempo para ler bastante, passear pelos pontos turísticos da cidade e experimentar alguns pratos da culinária regional, como o frito de capote, servido com farofa e arroz de Maria Izabel. Naquela época faltavam bons restaurantes de comidas típicas do Piauí, encontradas quase que só nas casas de família e nos sítios do interior. Foi sorte encontrar na cidade um lugar de qualidade que servisse esses pratos. Recomendo-os bastante, embora não tenham muita coisa a ver com os pratos da região Norte. Pertencem à culinária nordestina.

A população de Teresina não ultrapassava, na época, a casa dos 400 mil habitantes, tamanho de algumas das grandes cidades do interior de São Paulo. Havia ali muitas peculiaridades, como o mercado de rua nas proximidades do hotel, no centro, onde se comprava e se vendia de tudo.

Nada disso me impediu de voltar decepcionado para casa. Porém, tenho consciência de que foi a partir daquele momento que passei a desenvolver uma percepção desconhecida. Minha imaginação começou a permitir, esporadicamente, que eu voasse para qualquer lugar. Já falei para vocês antes: é possível estar em dois mundos diferentes! E foi assim que eu comecei a viver não só em meu mundo concreto, mas em outro, desconhecido, onde eu me encontrava todas as noites com Isadora: primeiramente invadindo seus sonhos; mais tarde frequentando sua vida. Seriam necessários, porém, muitos anos até que eu a reencontrasse fisicamente.

44.

Devido à intuição de Vittorio, fui atrás dela também em João Pessoa, na Paraíba. Fiquei no Hotel Tambaú, na praia de mesmo nome, mas logo vi que havia caído em outra das furadas de meu parceiro: a cantora paraense contratada do hotel chamava-se Isabela e não tinha nada a ver com Isadora. E então? Como encontrar minha amada nesta imensidão que é o Brasil?

Como encontrá-la no mundo? Caminhei pensativo por todo o hotel, plantado entre as pedras e a areia da praia do Tambaú, com o mar estourando quase na janela do quarto em que me hospedei.[13]

João Pessoa não possuía, então, no início dos anos 1990, mais de 500 mil habitantes; orgulhava-se de ser a primeira cidade dos três continentes americanos a receber os raios do sol no amanhecer; era a segunda cidade mais arborizada do mundo, perdendo apenas para Paris, e a terceira cidade mais antiga do Brasil, fundada em 1585.[14]

Quanto à culinária, logo de cara fui saborear uma buchada de bode paraibana, acompanhada de baião de dois, complemento popular em todo o Nordeste. Embora a buchada não seja muito aceita nos estados do Sul do Brasil, onde a maioria faz careta só de ouvir falar em *bucho* ou em *bode*, confesso que gostei muito. Para não perder o hábito, dei um jeito de furtar a receita, tanto do prato principal como do acompanhamento

Tudo muito bonito, muito agradável, mas Isadora não estava lá. Voltei para São Paulo, amargando outra desilusão.

45.

Sem dinheiro, expulsa de casa no começo da noite, Isadora só não entrou em pânico porque era corajosa e bem estruturada. É certo que perambulou aos prantos pelas ruas de seu bairro, em Milão; mas, na medida do possível, manteve certa serenidade. Sua postura poderia ser comparada com a de alguém que, nos funerais de um pai muito idoso, acaricia os cabelos do defunto com tristeza, mas sem o desespero que sentiria caso a morte tivesse ocorrido de maneira imprevista. Ela não havia sido surpreendida, pois já sentia há tempos qual seria o destino de seu romance com Matteo... A sensação de abandono e o sentimento de revolta pela injustiça doíam muito, mas Isadora sabia que não havia qualquer alternativa senão suportar tudo com dignidade. A tragédia estava abraçada a ela como a parasita que vai se enrolando na árvore hospedeira até matá-la; por isso Isadora nunca esperou daquele amor senão um final trágico. Lógico que não imaginava que tudo pudesse acontecer da forma como aconteceu. Nesse ponto, havia sido mesmo muito ingênua ao acreditar na diabólica *signora* Lorenza! Tinha agido com a maior boa-fé, e vejam só o que aconteceu...

E assim, foi engolindo suas dores como a égua de raça que se submete ao poder do chicote, mas não deixa de manter a cabeça erguida e o porte majestoso. Caminhou na noite até uma praça daquele bairro, acomodando-se em um banco de madeira. Caiu no sono e, como vinha acontecendo desde quando havia saído de Belém do Pará, anos antes, seu sonho daquela noite seria uma repetição dos sonhos sempre iguais a que tinha se habituado. Desta vez, entretanto, haveria uma peculiaridade: ao final do sonho ela descobriria a identidade do protagonista habitual.

Isadora monta um cavalo em disparada. Ela puxa as rédeas do animal com todas as suas forças, mas não consegue que ele diminua a velocidade. Como se fugisse do demônio, seus cascos martelam a terra batida da estrada. De um momento para outro ela repara que estão na direção de um precipício e que despencarão no espaço. Ela olha para trás, desesperada, e vê que alguém sobre um cavalo branco a persegue. Isadora não consegue ver quem é, mas imagina que é um herói vindo salvá-la do desastre, pois os cavalos brancos, como se fossem parte de um uniforme antigo, ainda eram as montarias habituais da imensa maioria dos heróis e príncipes.

O cavaleiro se aproxima. Parece atraído como uma mariposa que persegue um clarão de fogo. Isadora olha para trás, mas não consegue ver seu rosto. Naquela corrida louca o cavaleiro consegue se emparelhar a ela e ambos sentem que precisam parar aquele tropel alucinado, aplacando de alguma forma toda a atração que estão sentindo um pelo outro. São como duas mariposas, e não apenas uma, que se lançam temerárias sobre as labaredas que incendiarão suas asas e as destruirão.

Isadora não consegue ver quem é o perseguidor. Nem ela e nem ele entendem o que está acontecendo. Seus olhares se cruzam, e quando imaginam se reconhecer, um medo invencível toma conta dos dois, levando-os a galopar em fuga, um para cada lado.

As imagens terminavam sempre com os dois fugindo a galope em direções opostas e não se encontrando mais. Naquela noite, porém, não aconteceu dessa forma: o sonho teve uma sequência final diferente que passaria a se repetir a partir de então. A amazona (Isadora) e o cavaleiro fogem para lados opostos, mas, desta vez, cerca de cinquenta metros adiante a trajetória de cada um começa a convergir novamente na mesma direção. Em várias oportunidades os cavalos chegam a emparelhar, mas algo acaba impelindo-os para direções opostas, sem explicações ou motivos aparentes. E eles vão assim, nessa corrida desvairada, até chegar ao precipício. Isadora despenca em queda livre com seu *cavalo de fogo* tomado pelas chamas. Aterrorizada ela vai se estatelar no fim do mundo, mas percebe que um vulto se aproxima no espaço, rapidamente. Pela primeira vez ela consegue ver quem é o cavaleiro de Pégaso: o ex-amor Pérsio Ângelo da Silveira, de quem ela quase não lembrava mais. Será ele a minha salvação? Pérsio?

46.

(Fragmento do prontuário médico de Pérsio Ângelo da Silveira)

Nosso paciente narrou hoje as circunstâncias relacionadas com os sonhos que tinha com a cantora Isadora Solitude, quando esta ainda morava em Milão, nos idos de 1989. Conforme nos relatou, ao ouvir dela, anos depois, a descrição dos sonhos que tinha naquela época, percebeu que ambos participavam juntos dos mesmos sonhos recorrentes.

Em um determinado momento não só Pérsio percebeu que se encontrava com Isadora em seus sonhos, como ela também verificou a mesma coisa, conforme teria relatado para ele muito mais tarde, em várias oportunidades.

Detalhes dos questionados sonhos recorrentes indicam que ela, como cavalo de fogo do horóscopo oriental, montava um animal negro que lançava chamas pelo nariz, como que incendiado por dentro. Pérsio, por sua vez, cavalgava Pégaso, o garanhão branco, alado, nascido quando Perseu, filho de Zeus, matou a horrível Medusa, antes que ela o transformasse em pedra.

Alguns membros da equipe viram no fato um tipo de comunicação telepática. O certo seria, evidentemente, ignorar essa ideia por absoluta ausência de amparo científico, mas não podemos esquecer um dado importante: a diferença de cinco horas entre os fusos horários do local em que viviam os protagonistas dos sonhos. Enquanto era noite na Europa e Isadora dormia, era dia no Brasil e Pérsio permanecia acordado, pensando na amada o tempo inteiro.

Pareceu-nos natural, portanto, que ao deitar-se com o pensamento preenchido pelas imagens da amada, Pérsio passasse a interagir com Isadora no mesmo sonho: ele no Brasil, no começo da madrugada, ela na Europa, enquanto amanhecia. Existem provas de que o pensamento humano possui forças desconhecidas extraordinárias, de modo que – na falta de uma explicação mais ortodoxa para os encontros durante os sonhos – não vemos por que não adotar provisoriamente a ideia de uma comunicação telepática.

Quando soubemos desses sonhos e considerando que primeiramente eles se revelaram em Milão, solicitamos a vários colegas, psicólogos e psiquiatras milaneses, que procedessem a uma análise da questão. Porém, as diversas teorias que nos apresentaram não nos pareceram convincentes e optamos por aprovar a ideia de comunicação telepática, até segunda ordem.

47.

Dizem que saudade é o amor que fica. As músicas que Isadora cantava transportam-me instantaneamente, como nos filmes de ficção científica, aos momentos em que estive com ela na vida real e no mundo da imaginação. Os versos de "Canteiros", uma das canções que ela cantava, tratam disso:

> Quando penso em você
> Fecho os olhos de saudades
> Tenho tido tanta coisa
> Menos a felicidade

Nossos sentidos são poderosos. Quem não se lembra das primeiras namoradas ao sentir o perfume que usavam? Quem não se lembra da pessoa amada ao ouvir as músicas que tocavam enquanto pensava nela? Às vezes é como um feitiço, como uma magia que não nos liberta do que já passou e não passará novamente. Durante toda uma vida o amor por Isadora não me deixou um instante em paz. As rádios nunca pararam de tocar as músicas e melodias dos tempos em que eu só pensava nela. Não conseguiria esquecer minha amada nem que eu quisesse!

Sinto inveja dela, por ter usado suas cores mais bonitas para tingir minhas lembranças para sempre. Eu não fui capaz de algo parecido. Não deixei com ela nenhuma imagem, nenhuma música, perfume, sabor ou objeto que a lembrasse de mim... salvo a caneta que lhe dei, mas ela perdeu. Sim, a Parker esferográfica, de prata de lei, que havia pertencido ao meu avô materno. Eu assinava um cheque em um restaurante em Belém, quando Isadora a elogiou e eu a dei de presente no mesmo instante. Uns dez anos depois disso descobri que ela havia perdido essa Parker, porque encontrei a tal caneta à venda em uma daquelas barracas de antiguidades na feirinha do vão do Masp, na avenida Paulista. Era uma tarde de céu azul, cheia de sol, com a florada roxa dos jacarandás mimosos a explodir pela cidade. Eu a comprei na hora, sem discutir preço. Se não era exatamente a mesma caneta, passou a ser. Hoje ela tem para mim um valor estimativo triplicado: lembra meu avô, Isadora e Belém do Pará.

48.

No seu estilo rudimentar, mas romântico, Pérsio imaginava que Isadora permanecia em seu coração como uma espécie de amada imortal. Considerando sua imaturidade, é possível afirmar que Isadora estava para ele assim como Dulcineia para d. Quixote. E a amando assim dessa forma infantil ele permaneceu sozinho nos vinte e tantos anos seguintes. Não conseguiu manter com outra pessoa qualquer envolvimento amoroso de qualidade; não se relacionou com mais ninguém senão de forma superficial e passageira. Curiosamente, mesmo depois que ficou sem ter como localizar Isadora no mundo, manteve incólume o seu amor por ela. A impossibilidade de reencontrá-la não arrefeceu em nada seus sonhos. E por conta disso, já se pode adivinhar que esse amor prisioneiro de sua imaginação acabará renascendo no mundo físico, lembrando aquela história grega tão gasta e explorada da fênix, que ao morrer entra em combustão para renascer depois das próprias cinzas.

Diferentemente de Pérsio, Isadora teve vários amores, embora desastrosos e doloridos. Se por um lado ela demonstrava coragem para amar, via-se que também ela sofria da mesma dificuldade emocional que o atingia. Ao contrário dele e de seu medo covarde, contudo, Isadora a todo tempo desafiava seus medos e receios. O problema é que havia um processo psicológico que a levava a manobrar para inviabilizar suas relações logo no nascedouro, cerceando inconscientemente quaisquer envolvimentos mais profundos. Tal como Pérsio, Isadora também não possuía condições emocionais capazes de viabilizar o ato da *entrega*, essencial em qualquer relação de amor.

Seria possível imaginar, por exemplo, uma vida emocional gratificante com um indivíduo fraco como Matteo Carnivalle, sob o domínio de uma mãe como a *signora* Lorenza? Ainda que Isadora pudesse em algum instante vencer seu medo de compromissos, logrando se entregar a alguém que amasse, a verdade é que ela estava fadada a eleger inadequadamente o objeto de seu amor. E assim, seus momentos de amor eram efêmeros e abortavam antes que se delineassem.

Há também outras explicações para as más escolhas de Isadora: o nascimento desastrado, o estupro da infância, os abusos sexuais da pré-adolescência, a desilusão amorosa deflagrada pelo desastre de automóvel da adolescência – os acontecimentos dolorosos teriam criado algum processo emocional capaz de levar seu inconsciente a não admitir *amor sem castigo*. E isso determinaria suas escolhas inadequadas.

Essas questões reclamam uma observação mais cuidadosa dos fatos que se seguiram ao momento em que Isadora se separou do jovem médico italiano, dr. Matteo Carnivalle.

49.

Logo que acordou daquele sonho com Pérsio Ângelo da Silveira, Isadora procurou uma amiga, Elena, e ambas logo ajustaram uma forma de morar juntas e dividir as despesas, ao menos por alguns meses, até que Isadora pudesse concluir seu curso no conservatório.

Com o salário da loja não seria possível sustentar sua parte no custo da moradia, de modo que Isadora saiu atrás de locais em que pudesse se apresentar nos finais de semana e ganhar um dinheiro extra. Logo conseguiu várias colocações para cantar na noite e em questão de dias encontrou meios de se manter.

Passaram-se alguns meses e sua formatura aconteceria em condições normais não fosse a vingativa *signora* Lorenza. Pois não é que essa *signora* fez questão de enviar para cada um dos professores e formandos do conservatório um comunicado para denegrir Isadora!?...

Prezado(a) Senhor(a),

Como mãe de alguém que foi gravemente atingido em sua honra por uma das atuais formandas desse conservatório, sou obrigada a denunciar a conduta dessa criatura indigna. Todos sabem quem é. Trata-se da brasileira Isadora, que às escondidas canta e faz *strip tease* nos mais imundos cabarés de Milão.

Não passa de uma prostituta, que já trabalhou até na famosa casa de tia Olga, em Roma, como posso provar. Ela foi a ruína de meu filho, dr. Matteo Carnivallle, com quem viveu maritalmente durante três anos, desgraçando-o e humilhando-o até o ponto de provocar-lhe uma depressão nervosa que só foi curada depois de muito carinho e empenho materno, coisa que só nós, mães, podemos dar aos nossos filhos.

Por essa razão, suplico a cada um de vocês, professores e formandos da turma dela, que não deixem essa prostituta se graduar nesse conservatório de tanto prestígio. Essa pessoa maligna tornará indigno o nome da instituição, que é reconhecida em todo o mundo pela nobreza e prestígio das pessoas que frequentam ou frequentaram seus bancos.

Atenciosamente,

Lorenza Carnivalle

O sistema com que as abelhas e as formigas se organizam tem uma lógica invencível que ajusta o comportamento individual à coerência, regularidade e invariabilidade. Com os humanos acontece o oposto. E o fato de não serem insetos já basta para descartar a lógica que prevalece nas colmeias e nos formigueiros.

Realmente, a situação que se criou na faculdade de Isadora a partir da posição da *signora* Lorenza comprova a falta de lógica nas relações humanas. Isadora, apesar de não exercer sobre seus colegas nenhuma liderança, era muito querida e admirada pelos seus dotes como pessoa e como cantora. Nada disso impediu a polêmica inflamada.

Formaram-se vários grupos de colegas com as mais divergentes posições. Havia aqueles que não acreditavam nas mentiras e aleivosias da *signora* Lorenza; havia os que imaginavam alternativas mais ou menos graves; o assunto era indiferente para muitos; e havia também aqueles que sentiam inveja e despeito em relação à bela e talentosa paraense. Enfim, nas duas semanas que antecederam a colação de grau da turma, o assunto se transformou em fogo e a faculdade se converteu em lenha, tal a propagação de posições incendiárias.

Isadora era uma pessoa alegre, falante, participativa, embora de natureza sempre discreta e reservada. Passou a sentir vergonha por se transformar em alvo de todas aquelas controvérsias. Ela, que sempre frequentou livremente as dependências da faculdade, passou a evitar a maior parte dos locais, buscando manter discrição e privacidade. Como imaginar que pudesse estar protagonizando toda aquela celeuma em torno de seu comportamento privado enquanto aluna da escola?

Muitos colegas assumiram sua defesa, talvez a maioria, mas doeu muito ver que vários deles acreditaram que ela fosse mesmo *"una putana"* e que trabalhasse como *striper* em uma casa de shows eróticos. Felizmente, a carta da *signora* Lorenza não impediu a formatura da *zingara*, seu desafeto. Mas, independentemente de toda a controvérsia sobre se devia ou não ser admitida a colar grau no conservatório, Isadora, de tão envergonhada com tudo, não compareceu à cerimônia, onde um colega discursou a seu favor, sob aplausos e igual número de vaias.

Isadora retirou seu diploma mais de um mês depois, enviando-o em seguida a Antenor, seu pai, para quem sua formatura representou uma grande vitória pessoal. Para Isadora o que valeu mesmo foi o fato de ficar livre para desaparecer de Milão para sempre e esquecer tudo o que havia passado naquela cidade, graças às fraquezas de Matteo e à falta de caráter da *signora* Lorenza.

Naquela altura ela ainda não sabia, mas passaria momentos muito piores em outros lugares.

50.

Seria difícil detalhar toda a vida amorosa de Isadora depois de ter deixado Milão. Algumas pessoas não conseguem deixar de se envolver em situações anormais e ela tinha essa tendência: estava sempre metida em dificuldades, sempre enfrentando turbulências. Parece que atraía as confusões. Para resumir, relatemos rapidamente dois acontecimentos.

Embora nunca tenha se envolvido com drogas, Isadora apaixonou-se em determinado momento por um viciado em cocaína. Em uma blitz rotineira de *carabinieris* romanos, foram encontrados embaixo dos bancos dianteiros do veículo em que ela estava com o namorado vários papelotes da droga. Como o rapaz era italiano, em situação regular, foi Isadora quem acabou presa. Ela nunca mais ouviria falar desse namorado, que a abandonou na cadeia sem qualquer assistência. Por sorte a mulher do delegado lembrou-se de uma apresentação dela na Campo de Fiori e intercedeu em seu favor. Foi solta depois de uma semana.

Tempos depois, na Catalunha, Isadora morou com outro de seus nefastos amores. A partir de determinado momento esse companheiro, um magnata do mercado de embarcações de luxo, passou a espancá-la regularmente e a mantê-la em cárcere privado. Ela conseguiu fugir depois de enganá-lo e a seus empregados. A seguir, após uma perseguição cinematográfica pelas ruas de Barcelona, viu-se obrigada a desaparecer da Espanha, passando a viver incógnita por diversos países da Europa e da extinta União Soviética, nos quais sobreviveu graças à sua música.

De 1991, quando se formou na faculdade de Milão, até o início de 2000, quando se instalou em Paris, passou por situações inusitadas, perseguida por sua necessidade de amar e ser amada. Durante todo esse tempo, seu velho sonho recorrente, protagonizado por Pérsio Ângelo da Silveira, não a abandonava; e todas as noites o sonho se concluía da mesma forma: com Pérsio sobre Pégaso, voando para salvá-la da queda no precipício.

Isadora esteve em diversos países a cantar, conheceu o mundo inteiro. Também voltou várias vezes ao Brasil, não só ao Norte e Nordeste, mas também aos estados do Sul, inclusive São Paulo e Rio de Janeiro. Depois, viveu três anos em Paris à custa de suas apresentações em casas noturnas. Embora fazendo sucesso e até ganhando um bom dinheiro, suas carências permaneciam insuportáveis e ela sentia sempre um vazio interno que não conseguia explicar. Acordava chorando todos os dias e já não aguentava mais viver sozinha, quando se apaixonou por Pierre Arges Solitude. Isadora haveria de se casar com ele, vivendo a partir de então uma relação de amor e ódio, tão perigosa quanto inexplicável.

51.

Ódio e medo foram seus primeiros sentimentos ao conhecer Pierre, em Paris, quando tirava fotos pelo Quai Malaquais. Sentiu ódio porque ele havia chutado naquele instante um gato de rua. Sentiu medo por causa de seu olhar em direção a ela. Como um cão feroz, ele fareja o meu medo!... O corpo de Isadora se arrepiou de pânico quando sentiu que aquele sujeito conseguia adivinhar seus temores. Embora assustada ela o desafiou pelo tratamento desumano ao animal. Os olhos dele lampejavam enquanto ela mostrava sua indignação. Curiosamente, entretanto, a raiva de Pierre, que aparentava quase cinquenta anos, foi se desvanecendo de repente, e seu olhar foi adquirindo uma conotação irônica enquanto ela esbravejava. Em determinado momento, quando ele passou a rir, desconcertando-a, Isadora sentiu como se já o conhecesse há muito tempo. Lembrou-se de Pérsio e sentiu como se já tivesse vivido com Pierre algo forte e profundo como aquela antiga relação de amor dos tempos de Belém.

– Então você é alguma representante da Sociedade Protetora dos Animais? – perguntou Pierre com um ar divertido, enquanto via o gato ir manquitolando para longe.

– O que esse animal fez para merecer o tratamento que tu lhe destes? Seja quem for, *monsieur*, não possui um pingo de sentimento humanitário!

– Sentimento humanitário por um gato de rua horrível, cheio de sarna? Essa é muito boa...

Isso aconteceu na primavera do ano 2003. No vigor de seus trinta e sete anos, Isadora, rubra de ódio, iniciou um pequeno discurso na via pública. Pierre aproximou-se dela com um calor morno na voz, insinuante:

– Por favor, espere... Deixe para lá esse gato, pelo amor de Deus! Ele ameaçou me morder e eu precisei me defender. Vamos ao Le Vigneraie tomar um café; fica logo ali na Rue du Dragon; venha, vamos esquecer essa história. Você tem razão, eu me descontrolei com o animal. Perdi a cabeça e me excedi, mas não vai acontecer de novo. Vamos lá tomar o nosso café!

Isadora ficou em dúvida: talvez ele não tivesse a intenção de maltratar o animal. Devo ter me enganado. Alguém que consegue se explicar mantendo um sorriso desses não parece capaz de maltratar de propósito um gato de rua...

É interessante ver como procuramos, às vezes, nos convencer de que não vimos o que nossos olhos enxergaram ou não sentimos o que nossos sentidos revelaram. Sem que Isadora percebesse, Pierre Arges Solitude passou a exercer sobre ela, de forma espontânea, uma atração tão forte quanto o medo que provocou inicialmente. E como a mariposa cujas asas se incendeiam ao se aproximar demais do clarão do fogo, Isadora aceitou o convite sem discutir.

Incauta! Só pelo nome dele já era possível imaginar algo de muito ruim: Pierre significa pedra; Arges é um terrível ciclope da mitologia grega; e Solitude é solidão em algumas línguas, inclusive francês. Chama a atenção o nome desse indivíduo – Pierre Arges Solitude –, paralelamente ao fato de ter sido pilhado a maltratar um gato de rua. Tudo indicava que não era alguém de caráter. O sentimento ruim de Isadora no primeiro momento parecia correto. Todavia, alguma força paradoxal logo se manifestou, indicando a ela que de alguma forma ele poderia ser a fonte de todo o amor de que ela tanto necessitava. Dividida por seus sentimentos, Isadora se questionou, numa atitude típica de quem deseja se enganar: ele não pode ser uma má pessoa, seria injusto fazer um juízo precipitado.

52.

(Fragmento do prontuário médico de Pérsio Ângelo da Silveira)

Instalados em Belém, registramos em nossos apontamentos inúmeras informações quanto ao envolvimento de Isadora com Pierre Arges Solitude, graças aos relatos detalhados de Pérsio. Ficamos bastante curiosos, aliás, mas não conseguimos que ele nos revelasse como havia reunido tantas informações sobre a vida amorosa da amada no período que antecedeu o reencontro deles. De qualquer forma, os dados que nos apresentou permitiu-nos concluir que ela, como Pérsio, também padecia de sérias dificuldades emocionais, tanto que nunca se viu apta para conceber amor sem castigo. De forma inconsciente, procurava algum tipo de amor patológico, o que se confirma pela natureza dos envolvimentos e relações que viveu.

Embora seja possível imaginar à primeira vista que Isadora teria predisposição a alguma espécie de masoquismo, concluímos em nossas análises que isso não ocorria. Os masoquistas procuram castigo como forma de prazer, enquanto Isadora procurava amor, embora não conseguisse concebê-lo sem castigo. E então era essa, certamente, a fonte de todos os seus problemas, iniciados logo que nasceu e se acidentou daquela forma tão violenta.

É lógico que estamos apenas examinando hipóteses e conjecturas. Como não existem explicações definitivas para o comportamento humano, nossas colocações visam apenas provocar reflexões sobre o tema. Quanto à relação que se formaria entre Pierre e Isadora, é importante dizer que a mente dele certamente desvendou, desde o primeiro instante, todo o segredo das dificuldades de Isadora. Conforme afirmou nosso colega dr. Etevaldo Cabeça, a mente de Pierre deve ter assoprado em seu ouvido, logo de início: "Eis alguém, meu caro, que vai te amar muito e vai aceitar tudo o que você quiser que aceite".

Uma masoquista admitiria maus-tratos e violências por simples prazer, mas não atrairia alguém como Pierre Solitude, que não se propunha a dar prazer ou satisfazer alguém. Propunha-se, na verdade, a usar e abusar do alvo de sua atenção, até que se tornasse imprestável aos seus propósitos psicóticos. Só então faria o descarte: como a rês doente que a manada de búfalos abandona às onças.

Em estudos bastante precisos a respeito da violência doméstica, Robert Hare, cientista norte-americano, revela que 25% dos homens que agridem suas mulheres são psicopatas. A agressividade e a violência são marcas registradas desses indivíduos, que apresentam níveis variados de psicopatia: leve, moderado e grave. Pierre Arges Solitude, se a intuição de nossa equipe estiver correta, poderá ser classificado como um psicopata de nível grave, com instintos aguçados de sadismo, demonstrando um misto de prazer e sensações de poder pelos sofrimentos sobre a vítima eleita. Certamente se manteve sempre indiferente às dores provocadas e jamais apresentou algum tipo de arrependimento, embora procurasse demonstrar sempre o contrário, com toda a certeza.

53.

Já naquele primeiro encontro de Isadora e Pierre, surgiu entre os dois, como a água e o brejo, uma intimidade espontânea e natural. Isadora voltou a se lembrar de Pérsio, com quem não tinha contato há mais de dezessete anos, mas logo descartou qualquer semelhança. Embora os dois se parecessem fisicamente, se contavam às dezenas as características peculiares e específicas de cada um, distinguindo-os de forma inconfundível. Pierre Arges Solitude tinha um ar frio e duro, seguro de si e forte. Não havia nenhuma compatibilidade com as maneiras cálidas e lânguidas que caracterizavam Pérsio Ângelo da Silveira, tímido e inseguro até na voz, no jeito de falar e na maneira de andar. Aliás, embora os dois tivessem praticamente a mesma estatura, Pierre aparentava ser muito mais alto do que Pérsio, pois caminhava sempre empertigado e ereto, enquanto o outro se apresentava curvado e desengonçado.

Depois de muita conversa e alguns copos de vinho, Pierre levou Isadora a vários locais interessantes das proximidades, em Saint-Germain-des-Prés. Voltaram a se encontrar nos dias que se seguiram e foi como se uma rede de pesca fosse lançada sobre um cardume de tainhas sonolentas. Mais ou menos assim, Pierre aprisionou Isadora.

Em alguns meses casaram-se. Completamente apaixonada, Isadora foi morar com ele em Toulouse, abandonando todas as conquistas profissionais que devagar vinha alcançando em Paris. Na própria noite de núpcias, entretanto, ela recebeu sua primeira lição e percebeu, então, qual seria a dinâmica de sua vida futura. Como que transformado em dono absoluto da mente, corpo e vida de Isadora, Solitude mostrou-lhe como funcionavam as coisas na cabeça dele: ela agora lhe pertencia, segundo gritava, e aprenderia naquela mesma noite o que significava isso.

Isadora foi amordaçada, amarrada, espancada e estuprada, inclusive com objetos, até de madrugada. Pela manhã, com dores pelo corpo inteiro, ela acordou devagar, livre da mordaça e das cordas, dando com Pierre sentado na beira da cama a chorar e a pedir-lhe desculpas. Estava aos prantos, jurava que jamais faria aquilo outra vez e parecia desesperado:

– Perdi a cabeça, Isadora, não sei o que me deu! Mas eu a amo e não posso correr o risco de perdê-la. Jamais farei isso novamente – declarou com lágrimas a explodir dos olhos.

Demorou alguns dias, mas ela acabou acreditando na sinceridade do marido. Mesmo depois de lembrar como ele parecia sentir prazer enquanto a golpeava, aceitou a versão de Solitude: tenho que acreditar em meu marido; não posso desistir de tudo só porque surgiram essas dificuldades.

54.

(FRAGMENTO DO PRONTUÁRIO MÉDICO DE PÉRSIO ÂNGELO DA SILVEIRA)

Segundo nos informou Pérsio, Isadora levava regularmente surras que a deixavam prostrada na cama, arrasada física e emocionalmente. É bem provável que Pierre se divertisse com seu sofrimento. Na verdade, possivelmente sentia um prazer de carrasco, um êxtase de assassino. Segundo Eva Blay, do Núcleo de Estudos das Mulheres e Relações Sociais do Gênero, da USP, "para os assassinos, a noção de serem proprietários das mulheres começa muito cedo".

Paradoxalmente, no entanto, ele enviava à mulher nas manhãs seguintes às noites de terror grandes quantidades de flores, de todos os tipos, tamanhos e cores. Cobria Isadora de presentes caros e se desmanchava em lágrimas, com pedidos de perdão, promessas e juramentos, tanto que ela terminava por perdoá-lo sempre, mesmo sem compreender por que agia de forma tão tolerante. E ele se desfazia em beijos e carinhos; por sua vez, ela esquecia tudo e sentia que o amava ainda mais.

Qual a explicação para esse comportamento de Isadora? Segundo as estatísticas: 40% das mulheres vítimas de violência no lar sofrem maus-tratos desde o início das relações; a violência é diária em 57% dos casos; e em 72% das situações elas continuam a viver com os agressores. Não há nada de surpreendente no comportamento de Isadora, portanto, inclusive porque a violência doméstica é a principal causa das lesões corporais em mulheres do mundo inteiro, de 15 a 44 anos, a mesma faixa etária dela ao tempo dos fatos.

55.

O problema de tudo foi que a violência dos espancamentos foi se agravando de forma progressiva. Isadora havia passado anos antes por outra experiência de agressões. Contudo, a situação apresentava outras peculiaridades. Um magnata espanhol da Catalunha (já comentamos algo sobre esse indivíduo) possuía ciúmes doentios e a surrava; mas nunca o fazia por prazer. Quanto às reações dela nesse caso isolado, basta dizer que tão logo sofreu o primeiro espancamento, passou a tentar uma fuga desesperada, até conseguir se desvencilhar. Com Pierre, todavia, a situação era outra. Não passava pela cabeça dela uma fuga: fugir do amor? Logo ela? Logo ela que – obstinada como quem segue um plano secreto – vinha perseguindo durante toda a sua existência o sonho fantasioso de viver um grande amor? Isadora acreditava que o marido se modificaria, de modo que permanecia ao seu lado suportando os castigos. Era como se sofresse de alguma doença cuja patologia fosse uma fé inquebrantável. Certamente se tratava disso ou algo semelhante.

(É importante lembrar: depois de seu envolvimento com Pierre, Isadora continuou tendo aqueles sonhos recorrentes em que caía de um precipício com seu cavalo em chamas; contudo, nunca mais voltou a sentir a aproximação salvadora de Pégaso, cavalgado por Pérsio Ângelo da Silveira; nunca mais viu Pérsio em seus sonhos recorrentes.)

Nos dias em que notava que acabaria sendo agredida, Isadora passou a antecipar sua defesa pessoal. Não esperava o espancamento: atirava objetos; corria para escapar, punha-se a gritar, debatia-se; os vizinhos chamavam a polícia e tudo se acalmava. Porém, os policiais começaram a não atender mais aos chamados, sabendo que Isadora não apresentaria qualquer queixa e ainda pediria que nada fizessem contra o marido.

56.

Raramente Pierre se mostrava amoroso. Em uma tarde de domingo, contudo, logo depois do almoço, ele se revelou envolvente e sensível como nunca Isadora havia visto antes. Ela estava de bruços, nua sobre a cama, quando ele se aproximou silencioso como uma jaguatirica que vai surpreender sua presa. Em dado momento a agarrou, suave e ao mesmo tempo firme, passando a beijá-la nas costas e na nuca, enquanto suas mãos exploravam sua pele. Seus dedos se concentraram em cada uma das zonas erógenas do corpo dela em detalhes tão minuciosos como os de uma carta oceanográfica. A barba de três dias encrespava toda a penugem que se estendia sobre a pele de Isadora, e os sentidos dela, antes em estado de sonolência, logo se aprontaram para receber o companheiro. E quando ele começou a invasão, a vista de Isadora se nublou como se ela fosse se perder entre as estrelas do céu. Assim o casal se lançou em um galope lento, de movimentos suaves, que foram aos poucos se carregando de energia e vigor, até se transformarem em uma disparada. Quando seus pulmões estavam para explodir, os movimentos ritmados se estancaram de repente e os dois corpos estremeceram como se tivessem sido presos por um redemoinho. Foi como se várias mãos estivessem a torcê-los e retorcê-los em espiral, na tentativa de extrair-lhes todos os líquidos que pudessem estar retendo. Em seguida, como resultado do clímax, os dois morreram – a tal da *petit mort* dos franceses, uma espécie de morte provisória, coroada aos poucos pelo renascimento.

Deitada ao lado do homem amado, Isadora abriu devagar os olhos sonolentos e lembrou-se de Pérsio no quarto 707 do Hotel Equatorial de anos e anos antes. Estranhou, pois não pensava ou sonhava com aquele amor esquecido desde o momento em que havia começado a sair com Pierre. Não deu mais atenção à lembrança, que fugiu como um relâmpago; Isadora permaneceu ali, portanto, saboreando aqueles instantes de paz e serenidade. Desde a quinta-feira ela e Pierre não tinham tido nenhuma discussão e não havia, para Isadora, nada mais delicioso do que aquele estado de harmonia. Mas não são as piores tempestades que nascem, como nos contos de fadas, das brisas provocadas pelo bater de asas das libélulas? Foi assim que se iniciou aquela noite trágica. Ainda anestesiada, Isadora reparou mais uma vez nos cabelos de Pierre, resultado de um implante maldisfarçado e de uma evidente tintura. Embora o comentário não tivesse maldade, ele reagiu como um louco, alucinado:

– Está criticando meus cabelos? Filha da puta! – tirando o cinto da calça.

– O quê? Quero que você morra! – já arremessando contra ele um jarro de porcelana.

Pierre se desviou e partiu para cima de Isadora, que passou a correr por todos os cantos do apartamento, a arremessar tudo que lhe surgia nas mãos. Ela conseguiu escapar por vários minutos, à custa da destruição da louça, dos copos, enfeites, quadros, aparelho de som, da televisão; tudo o que era quebrável no apartamento ficou arrebentado pelo chão, até que ele a alcançou e, possesso como estava, ultrapassou daquela vez todos os limites razoáveis. A algazarra foi tanta e durou tanto tempo, que a polícia acabou intervindo. Quando chegou, precisou encaminhar Isadora para o hospital, num quadro preocupante de suspeita de concussão cerebral, sem falar nas fraturas do nariz, do braço direito, de várias costelas, além dos hematomas por todo o corpo.

Pierre foi preso em flagrante. Isadora acordou depois de quase uma semana; restabeleceu-se por mais alguns dias e foi embora de Toulouse sem olhar para trás. Deveria comparecer na delegacia local para esclarecimentos e outras providências, mas preferiu desaparecer para sempre. Com a violência de Pierre se agravando a todo o momento, percebeu que acabaria sendo morta. Por isso, embora o amasse, resolveu enfrentar todo o sofrimento da perda e abandoná-lo definitivamente. Não imaginava, porém, que ele a reencontraria mais tarde para vingar-se.

57.

Com a passagem dos anos, permaneci pensando em Isadora, mas sem saber como encontrá-la. No final dos anos 1990 já haviam passado dez anos que não a via, mas o tempo não tinha afetado o que eu sentia. Habitualmente, em sonhos repetitivos, ela surgia em situações de perigo, quando cavalgávamos ou voávamos pelos céus. Durante anos encontrando-a todas as noites em meus sonhos, não havia mesmo como esquecê-la. Passei a investigar seu paradeiro, tentando achá-la onde estivesse no mundo. Descobri sua mãe morando em Castanhal e obtive o número do telefone de minha amada em Barcelona, na Espanha.

Não consegui ligar. Com vulnerabilidades e hematomas emocionais, faltava-me coragem. Falar com ela seria como esfregar pimenta sobre feridas que o tempo não havia curado. E com todo o medo que aquele amor me despertava, fiquei ensaiando telefonemas por quase um ano. Eu permanecia diante do aparelho por horas e horas; criava coragem, discava e discava, mas não tinha sangue-frio para completar as ligações; esperava o telefone tocar do outro lado da linha. Quando estava ocupado eu sentia alívio; quando ninguém atendia, sentia mais alívio ainda; quando alguém respondia, eu desligava – cavalo xucro no peito... Se a voz era masculina, eu sentia ciúmes; se era feminina, eu ficava alvoroçado, sem saber como agir (nunca distingui a voz de minha amada do outro lado da linha). Não fazia mais nada do que essas tentativas infantis e inventava desculpas para mim mesmo quanto à minha falta de coragem para ir adiante. E me sentia sempre um covarde, com toda a razão. Qual o motivo de todo esse medo? O que poderia acontecer-me? Ser rejeitado? Ser engolido como um cravo desamparado? Não. Eu sabia de uma razão bem forte. Eu sabia que seria insuportável ouvir de Isadora:

– Pérsio? Que Pérsio? De onde nos conhecemos? Ah, de Belém... Ah, agora me lembrei de ti! Diga, Pérsio, o que desejas?

Deixei passar tanto tempo, que ao criar coragem e perguntar por Isadora no número de Barcelona fui informado de que ela não morava mais lá. Demônios! E onde está agora? Para onde foi? Ninguém sabia dizer. Procurei novamente a mãe dela, mas o paradeiro da filha agora era desconhecido de todos. Isadora ligava de vez em quando, mas ninguém imaginava de onde, e ela se recusava a revelar, por uma razão que eu só saberia anos depois. Então, eu a havia perdido novamente. Imaginava que nunca mais teria notícias dela e fiquei mais certo disso quando, pouco depois, também perdi o contato com a mãe. Ainda assim, não parei de seguir pistas: ou se ama para sempre ou nunca se amou de verdade. Deve ser por isso.

Procurei muito, mas só consegui localizar informações anos depois. Graças à internet, soube que Isadora havia conquistado prêmios de interpretação na Itália, França e Espanha, chegando a um razoável sucesso ao cantar músicas brasileiras nos palcos desses países. Esteve várias vezes no Brasil durante esses anos, onde participou de muitas temporadas musicais e venceu inúmeros festivais nos estados do Pará, Amazonas, Maranhão e Amapá. Não achei muita coisa mais e só encontrei notícias antigas.

Mario Quintana diz que "o passado não reconhece seu lugar: está sempre presente". Logo que tudo começou, no ano de 1986, eu tive algumas premonições quanto ao meu futuro ao lado de Isadora, mas não acreditava que aqueles presságios poderiam se consumar. Na verdade, eu imaginava que meu amor por ela acabaria por se extinguir como uma estrela que se apaga no céu sem que ninguém perceba. Não havia nenhuma compatibilidade entre a minha vida e a dela. Isadora havia nascido para a noite, para os palcos e refletores. Seria até um crime aprisioná-la numa vida equilibrada e comum como a minha, com pequenos e raros momentos de boemia. Ela era parte de um universo completamente estranho ao meu. Não conseguiria viver no mundo restrito em que eu vivia e nem eu no mundo dela, demasiadamente amplo para os meus padrões burgueses. Mas nada disso importava muito e nada disso impediu que eu continuasse vivendo os sonhos que já vivia com relação a ela e alimentando outros que me pareciam cada vez mais próximos do real. O imaginário começava a tomar corpo.

O tempo passou e a intensidade do amor só aumentava, agravando-se a cada dia. Coisas estranhas começaram a acontecer. Eu estava com Isadora todas as noites e – o que é surpreendente – vivia junto dela algo como a rotina de um casamento. Nesses sonhos – que me pareciam tão reais e que às vezes chego a acreditar que fossem – a impressão que eu tinha é de que era e ao mesmo tempo não era eu quem vivia com ela. No meio dessas situações sempre confusas e incoerentes, chegou o momento em que foi necessário tomar uma posição para acalmar tudo o que me revolvia por dentro.

Ao viver num ambiente de sonhos onde eu só encontrava o objeto de amor em situações imaginárias, comecei a desconfiar de alguma doença mental oculta. Não comentei nada com ninguém, mas passava a suspeitar que aquele amor – uma sucuri a me estrangular – não era senão algum tipo de loucura. Acabei culpando os senhores, é lógico, pois não estavam me ajudando em nada, apesar de todas aquelas seções intermináveis de psicoterapia. E assim, independentemente de tudo aquilo que vínhamos discutindo há tantos anos, decidi de uma vez: Pérsio, se você não vai fazer nada pelo seu amor por Isadora, que desista logo de ser você mesmo; que desista logo de ser Pérsio Ângelo da Silveira! Pressões internas me levaram para a luta.

58.

Não posso voltar a cantar aqui em Paris, pensou Isadora ao desembarcar de um trem na Gare du Nord. Pierre logo me encontrará; sabe exatamente quais são os palcos que me receberão. Há também a questão do custo de vida... não tenho como me manter na França!

Gertrude, uma antiga companheira, soprano, sugeriu-lhe que fosse para Lisboa. Lisboa?

— Por que não, Isadora? O custo de vida é bem menor e os portugueses adorarão suas canções paraenses e o seu sotaque da Amazônia brasileira. Além disso, Pierre nunca a encontrará em Portugal.

Isadora atendeu à sugestão de Gertrude, mas não foram propriamente os argumentos da amiga que a convenceram. A verdade é que ela sentia saudades de sua língua materna, o português, e já pensava em retornar definitivamente para o Brasil. Estava cansada, sentia-se esgotada e não aceitava mais a vida que vinha vivendo desde que havia se apaixonado pela primeira vez por alguém. Ela talvez imaginasse estar em busca do sucesso profissional, mas não era propriamente isso que perseguia. Em 1986 saiu de Belém do Pará, atravessou o oceano, viajou e morou por anos e anos nas cidades mais importantes do mundo europeu, incluindo várias de países da antiga Cortina de Ferro. Numa desesperada busca, também havia conhecido parte da África, da Índia e da Ásia. Aprendeu a dominar muitas línguas, como italiano, francês, inglês, espanhol e alemão; estudou com afinco, graduando-se em um curso superior; desenvolveu aptidões musicais e alcançou um razoável sucesso nessa área profissional; manteve, também, perspectivas excelentes quanto à sua carreira de cantora de músicas populares. No entanto, sentia que toda a busca obstinada que tinha empreendido não havia resultado senão em um simples e evidente fracasso. Sim, pensava: tive vários namorados, parceiros e companheiros, além de um marido que imaginei ter amado. Em nenhum momento, porém, encontrei o que realmente procurava. Preciso de alguém para amar, Gertrude! Preciso de alguém que me ame de verdade. Não posso continuar vivendo assim, sempre sozinha, sempre buscando, buscando, buscando...

— Isadora... não te lembras da receita daquele teu conterrâneo do pantanal mato-grossense?

— Receita? Que receita? Que conterrâneo?

— Ora, não te lembras da receita "jacaré"? — perguntou-lhe Gertrude rindo com alegria. — Não me esqueço daquele tipo e sua receita. Anotes bem e não te esqueças, pois é coisa da tua terra:

RECEITA "JACARÉ" PARA O AMOR

Ingredientes: paciência, sangue-frio e determinação.

Preparo: permaneça imóvel e em silêncio a boiar n'água, só com os olhos de fora; quando algum *peixe* distraído passar-lhe à frente, abocanhe-o rapidamente; se for o *peixe* certo, ótimo; caso contrário, repita o procedimento até aparecer um exemplar adequado.

Observação: esqueça o conforto das piscinas; aventure-se pelos grandes rios, mares e oceanos.

Essas curiosidades já não alegravam Isadora, em estado contínuo de carência afetiva, imaginando-se envolvida por um eterno pesadelo: sinto como se estivesse sempre caindo de um precipício; antes vinha alguém para me salvar: o paulista Pérsio; hoje, nem isso. Por que preciso experimentar essa tortura todas as noites? Por que acontecem essas coisas comigo?

Isadora comentou com Gertrude o sonho repetitivo e disse alguma coisa a respeito de Pérsio Ângelo da Silveira, personagem quase esquecido, que nunca mais havia surgido em seus sonhos. Contou para a amiga, também, a história de quando ele subiu em um telhado no meio de uma bebedeira, porque havia cismado de ver, em plena madrugada, a janela da mulher que então amava. É interessante reproduzir parte do que as duas conversaram em seguida:

– Sabes, Gertrude, nada acontece por acaso. Os olhos são a janela da alma, não são? Aquele telhado simbolizava um precipício; Pérsio despencou ao ver que a janela da mulher amada estava fechada para ele. Outra hipótese? E se a tal janela estivesse escancarada, e o olhar da mulher que Pérsio amava demonstrasse sua incapacidade de se emocionar? Isso não derrubaria qualquer pessoa mais sensível de um precipício, ainda que fosse só um telhado?

– Ahhh, Isadora, que pensamentos mais sem sentido! Fazer um paralelo entre a janela de uma casa e os olhos da amada desse Pérsio? E ainda travestir de precipício um simples telhado?... Francamente...

59.

Isadora logo conseguiu se colocar como cantora em Lisboa, numa casa noturna chamada Passatempo. Ficava no Chiado, junto à rua Garret, bem próxima d'A Brasileira, café predileto do poeta Fernando Pessoa e de vários intelectuais amigos, na primeira metade do século XX. O cachê não era grande coisa, mas possibilitou a Isadora assumir o aluguel de um quarto bem aconchegante em uma pensão na Alfama, junto à Costa do Castelo, com uma vista esplêndida de toda Lisboa e do rio Tejo. Amigos portugueses que ela havia conhecido em Paris tinham recomendado aquela pensão familiar e Isadora adorou os proprietários. Deodoro Fialho, o chefe da família, era um senhor de uns sessenta e cinco anos, com uma brincadeira divertida para cada ocasião. As duas filhas do casal, com vinte e poucos anos cada uma, estavam sempre preocupadas com o conforto da hóspede. Dona Ana, a mãe das meninas, também era uma pessoa encantadora, embora mais reservada. Cozinheira de mão cheia, era especialista em bacalhau a lagareiro com batatas ao murro, cuja receita se presta muito bem para o pirarucu salgado, que é o bacalhau da Amazônia.

Durante um ano inteiro Isadora viveu ali satisfeita. No lado profissional as coisas iam muito bem. A casa noturna em que trabalhava estava sempre lotada e seu cachê aumentava a cada noite. Começou a receber novas propostas de trabalho e percebeu que sua carreira profissional estava prestes a acontecer. Cantaria por Lisboa inteira como se fosse uma alegre cotovia. Mas receava algo... Conversou sobre suas apreensões com Gertrude quando a visitou em Paris, na primavera de 2005.

– Gertrude, tenho medo de que Pierre me descubra em Lisboa. Com toda a divulgação profissional que meu trabalho tem tido, inclusive pela internet, a qualquer momento ele pode reaparecer.

– Ah, Isadora, não penses mais em Pierre. Já se passou um ano, não foi? A esta altura ele deve ter te esquecido. Não vai levar adiante nenhuma vingança. Deves pensar no sucesso e no dinheiro que estás a ganhar, além de todas as vantagens que tuas conquistas trarão.

– Tu não conheces Pierre. Ele é obstinado, não descansará enquanto não me destruir.

60.

Três semanas depois Isadora cantava no Passatempo, quando ele entrou no ambiente. Ela engasgou na música, gaguejou, mas Pierre abriu alegremente um sorriso tão sincero, tão encantador, que afastou de imediato a sensação de temor que ela sentiu naquele primeiro instante. Em seguida, quando ele beijou a palma da própria mão e assoprou-lhe o beijo pelo ar, ela se desmanchou inteira e até pensou que talvez ainda o amasse. As maneiras de Pierre denotavam tanto carinho, que Isadora se desarmou. Será que ele perdeu o ódio por mim? Parece que me procura só para conversar, para se entender comigo. Será? E ao notar que Pierre Arges Solitude a aplaudia satisfeito a cada música concluída, sentiu-se à vontade para procurá-lo em sua mesa logo que terminou a apresentação.

Ele foi efusivo e afetuoso, com um charme capaz de derreter mesmo o ferro que se extrai bruto da Serra dos Carajás. Lamentando os acontecimentos do passado, pediu desculpas com lágrimas nos olhos; assumiu toda a culpa, e fez uma declaração de amor que Isadora nunca imaginaria escutar. A expressão dele era a de um cãozinho arrependido por ter decepcionado a dona. Sabemos que Isadora tinha uma veia de ingenuidade impossível de ser controlada; portanto, apesar de ter uma percepção muito lúcida quanto à natureza psicótica de Pierre, o íntimo dela se encheu de dúvidas e incertezas. Depois de tudo o que me fez, será que ainda posso acreditar nele?

– Ouça, Isadora. Eu sei que você não acredita mais em mim, com razão. Mas deixe que eu me aproxime, para que você se convença naturalmente de que mudei. Só preciso de uma chance; sou outra pessoa.

As palavras escritas têm vantagens e desvantagens sobre as faladas. Pierre deve ter se perguntado: serei mais convincente se escrever? Mentir para as pessoas que não me conhecem é muito fácil; mas, enganar alguém próximo, alguém íntimo como Isadora... Pelo meu olhar, minha voz ou meus gestos e movimentos ela detectará uma mentira sem maiores dificuldades. Ardiloso, Pierre optou, no dia seguinte, por escrever-lhe uma carta:

> Isadora,
>
> Depois daqueles momentos de cegueira dentro de nossa vida, nos separamos e eu me vi na prisão de Tolouse sofrendo as mais profundas dores por

causa de toda a desgraça que havia criado. Percebi que não existiam mais condições de retomarmos nossa relação tão conturbada, cheia de problemas e insatisfações. A tristeza tomou conta de mim; pensei que estava tudo acabado para sempre.

Andava assim desacorçoado, quando sonhei certa noite com uma névoa que se estendia sobre todo o mundo em que eu vivia. As pessoas tateavam às cegas como se vivessem a imaginação de Saramago no *Ensaio sobre a cegueira*. Era um mundo de cegos; eu só escaparia daquela armadilha se alçasse voo para enxergar tudo lá do alto, bem acima da névoa que cobria a superfície terrena.

Alcei voo e desvendei muitos mistérios; acordei para mim mesmo. Percebi que os problemas que tanto me atormentavam e que eu sempre atribuía a você eram exclusivamente meus. Era eu quem precisava lidar com eles! Não havia nenhum responsável além de mim e não seria crucificando você que eu solucionaria as desgraças emocionais que me atormentavam. Voar não era um segredo para mim, mas foi a partir de então que aprendi a controlar meus voos. Devo isso a você. Precisei da distância para alcançar esse aprendizado. Mudei muito, Isadora. Não me abandone, sou outro homem, outro Pierre. Por favor, dê uma nova chance para nós. Eu amo você e não sei o que será de mim se não pudermos viver juntos.

P.A.S.

A carta em questão foi fundamental para convencer Isadora a aceitar um convite para sair em sua próxima noite de folga. Por que não lhe dar uma nova chance? Por que não dar uma nova chance para os dois?

Ao pegá-la de automóvel naquele final de domingo, ela não gostou de saber que o programa escolhido era uma tourada:

– Pierre, tu sabes que não suporto essas judiações com animais.

– O que é isso, Isadora? Estamos em Portugal e não na Espanha. Aqui não matam os touros, só brincam com eles e com os cavalos. São galopadas e mais galopadas, só brincadeiras, só divertimento.

– Ah, Pierre, tu sabes que não é bem assim...

61.

O espetáculo começou com a maior pompa, em meio ao rufar de tambores e ao soar de trombetas. O corpo de auxiliares dos toureiros se apresentou na arena e a seguir surgiram imponentes os próprios toureiros, sobre cavalos da raça lusitana que desfilavam como *top models* das passarelas parisienses e londrinas. O público aplaudia, aplaudia e aplaudia.

Um soar de pistão ecoou no estádio, que silenciou de imediato. Em sua emocionante solidão, os acordes musicais do pistão prosseguiram invadindo todo o ambiente, enquanto a plateia permanecia aguardando ansiosa os próximos movimentos. A seguir, a arena foi desocupada e nela entrou um único toureiro, a cavalgar um belo tordilho que galopava em círculos. Diferentemente da Espanha, em Portugal a tourada mais apreciada é aquela feita por cavaleiros. De fato não matam o touro, mas dizer que é uma simples brincadeira...

Os tambores rufaram novamente e as trombetas enlouqueceram. Abriu-se um portão do qual saiu um enorme touro negro, raça miúra, completamente alucinado de fúria, em um tropel que fazia tremer o chão da arena. O animal atacou a primeira coisa que viu mais próxima em movimento: o cavalo e seu cavaleiro, que se desviaram dos chifres com uma simples gingada de corpo. O público aplaudia de satisfação, enquanto o touro fazia a volta e parava no centro da arena. Bufava de ódio e escavava o chão com as patas da frente, ora usando uma, ora outra. Da plateia não se podia distinguir direito, mas a impressão que se tinha é que os olhos do touro eram imensos rubis sanguinolentos, cravejados por pupilas imensas, tão negras e brilhantes quanto a pelagem do animal.

O tordilho, imponente, passou a sapatear diante daquela fera, ora jogando o corpo para a direita, ora para a esquerda, com incrível graça e habilidade (note-se que o cavalo não tinha nenhuma das proteções acolchoadas das touradas espanholas). O touro arrancou para atacá-lo, mas ele, corajosamente, ao invés de fugir, avançou de encontro ao oponente, com o peito aberto, como que para absorver o impacto dos chifres. Quando parecia que iam se chocar, o cavalo executou um movimento ágil para a direita e se desviou no último momento como uma bailarina do Teatro da Paz, em Belém. Os chifres passaram quase resvalando em sua garupa. A seguir, parecendo não se importar com o que podia acontecer-lhe, foi novamente para cima do touro, desviando-se no último momento, displicente.

Na tourada portuguesa o cavalo desempenha o papel da capa vermelha do toureiro espanhol. E esvoaça na frente dos chifres com a mesma graça e leveza de uma bandeira ao vento, arrancando da plateia gritos de olé de todos os pontos das arquibancadas. Houve um momento em que o cavalo, de tão ousado, deu um giro de corpo de 360 graus na cara do touro! O miúra parou atordoado e o público delirou. Quanto mais arriscado o movimento, mais a plateia aplaudia. Enquanto isso, a cada instante que o touro passava rente, o toureiro espetava em seu lombo uma lança que lhe ficava pendente, a dependurar uma bandeirola colorida. O lombo negro do miúra foi ficando cheio dessas bandeirolas e completamente tingido – cor de vinho sobre o negro de sua pelagem. A ideia era enfurecer o animal, ampliando sua agressividade ao máximo. Isadora, horrorizada, logo notou que a barriga do tordilho estava cada vez mais manchada do sangue arrancado pelas esporas do toureiro. Quase não aguentou mais aquilo que seus olhos viam, arregalados. Esboçou um movimento firme e decidido para se levantar. Nesse momento, contudo, o tordilho tropeçou na arena e caiu, jogando longe o cavaleiro. A plateia ficou pasma – "Óhhhhh!" –, todos ficaram paralisados, sem reação, pois esse tipo de acidente não costuma acontecer.

O touro estava atento, atacou imediatamente; a situação era insólita: o toureiro derrubado, o cavalo caído no chão da arena e o miúra, oportunista, aproveitando-se para iniciar uma festa de sangue. Felizmente, na tourada portuguesa o touro tem seus chifres cobertos por protetores que agem como luvas de boxe: amortecem as pancadas e impedem as perfurações. O cavalo foi chifrado com violência, mas não chegou a se machucar, embora tenha sentido a pancada. Imediatamente uns trinta homens invadiram a arena para salvá-lo, desviando a atenção do touro. O tordilho, atordoado como um boxeador que absorve um cruzado seguido de um *upper*, nem bem se levantou e o cavaleiro já estava em seu lombo para completar o espetáculo, como se nada tivesse acontecido.

– Vamos embora, Pierre! Não aguento mais um minuto. Se você não vier comigo, vou sozinha! – Levantou-se e saiu decidida, com Pierre no seu encalço.

62.

Isadora entrou no automóvel e sentou-se indignada; Pierre passou a dirigir silenciosamente, contendo sua raiva e seu desprezo.

– Tu sabes muito bem, Pierre, que eu jamais aprovaria um espetáculo desses! Tu viste o cavaleiro espetar o pobre touro com aquelas lanças... Também viste a barriga do cavalo a sangrar pelas esporas do toureiro. Para que tu me trouxeste aqui?

– Ora, ferimentos superficiais... No caso do touro, para mostrar-lhe que deve lutar. No do cavalo, para que fique bem esperto. Esses ferimentos curam-se rapidamente. Com toda aquela adrenalina da tourada nenhum dos dois, quer touro, quer cavalo, sentiu alguma coisa mais séria. Estavam lá se divertindo a valer.

– Com sangue e dor? Que divertimento é esse?

– Ora, pense em dois boxeadores num ringue, por exemplo. Eles não tiram sangue um do outro? E não se divertem assim? Não repetem sempre suas lutas como um vício? Sim, Isadora, eles querem lutar e lutar, porque é da natureza deles essa violência. Assim também é o touro, violento por instinto; ou o cavalo, que sente prazer só de por à prova sua coragem, habilidade e rapidez.

– Mas os lutadores humanos escolhem essas situações com vontade própria. O touro e o cavalo não. Os homens os jogam na arena e eles não têm escolha!

– Se lhes perguntassem, escolheriam a violência. Querem prazer, querem emoção! Veja os lutadores humanos. Veja nós dois em nossas lutas, por exemplo. Não parecemos um touro miúra e uma égua lusitana a se enfrentar? Eu com minha violência natural e você se esquivando como se estivesse o tempo inteiro a bailar... Adoramos isso, não adoramos?

– O quê? O que dizes, Pérsio?

– Pérsio? Quem é Pérsio!?

– Pérsio?... Não é ninguém, me expressei mal... Mas explique, Pierre: por que nos compara a um touro miúra e uma égua lusitana?

– Ora, estou só brincando. É que você está sempre me dando olé... Voltemos ao que eu falava sobre os boxeadores.

– Sim, vou esquecer a comparação ridícula que você fez.

– Está bem. Veja o Mike Tyson: em quantas encrencas ele já não se envolveu fora dos ringues, arrasando toda sua vida particular? A agressividade incontrolável é da sua essência. O touro também é assim. Se for da raça miúra, já nasce enfurecido, atacando tudo por simples instinto. Também o cavalo lusitano nasceu para as touradas. Não notou que o animal vibrava de prazer a cada olé que dava no touro?

– Sim, o touro tem natureza violenta, mas é porque homens violentos o fizeram assim. Não foram os homens que selecionaram a raça miúra? Essa raça sanguinária que você tanto defende não passa de uma criação humana, de uma hedionda criação de homens perversos.

Pierre deu uma longa gargalhada e depois acrescentou, sério:

– Você não tem mesmo um pingo de respeito pelas tradições. Há centenas de anos as touradas existem, tanto em Portugal, onde só brincam com o animal, como na Espanha, onde o matam. Não se pode pensar em suprimi-las só porque umas mulherzinhas piedosas se voltam contra elas!

– Ora, Pierre. Existem tradições absurdas. Pelo que tu defendes, deveríamos manter até hoje as disputas dos gladiadores que se matavam mutuamente e enfrentavam nas arenas tigres, leões e ursos. Essas disputas não foram uma tradição por centenas de anos do Império Romano? Deveríamos mantê-las até hoje?

– Você está apelando em seus argumentos! Não quer aceitar que a violência faz parte da natureza do touro! Não se trata de seleção genética, como diz. No seu habitat, muito antes de qualquer intervenção do homem, ele já era violento e sanguinário. Suas emoções só se extravasam pela violência. E essa é a razão que o leva a atacar, ferir, matar, se machucar, morrer. Se for um verdadeiro miúra e se a tourada for espanhola, seu espírito violento perdurará até a última estocada do sabre do toureiro.

– Não se trata disso, Pierre...

– Sua imbecil, sua idiota! – concluiu Pierre aos berros. – Não é possível mudar a natureza sanguinária de um touro!

Isadora teve um choque ao ouvir gritadas essas palavras e ao notar que o automóvel desenvolvia uma velocidade muito acima do normal. Como pude ser tão ingênua, meu Deus!, pensou no derradeiro instante. Em seguida, assistiu Pierre parar o automóvel com uma brecada, apontar-lhe uma pistola automática do tamanho de um punho feminino, dar-lhe uma coronhada no rosto, algemá-la no interior do veículo e empurrá-lo para o precipício à frente.

63.

Quatro semanas depois Isadora acordou devagar. Estava em uma cama de hospital, na penumbra, tudo silencioso. Seus ossos e músculos doíam. Estava toda enfaixada, costurada; gosto amargo na boca, cheiro azedo de sangue seco envelhecido...

Assustada, abriu os olhos de um só golpe, arregalando-os repentinamente. Sua visão estava encoberta por uma névoa, só enxergava vultos e silhuetas indefinidas. Tentou lembrar-se de alguma coisa. Sim, Pierre gritava algo: *o dia do touro*! Seria isso? Depois saía do carro e empurrava-o para o precipício, enquanto ela chorava desesperada. Sim, foi aí que ela desmaiou e repetiu-se o sonho de anos antes, com Pérsio voando sobre Pégaso para alcançá-la antes do choque; mais tarde a retiraram das ferragens em estado gravíssimo.

A polícia técnica portuguesa logo constatou que o acidente havia sido uma tentativa fracassada de assassinato, o que ficou bem evidenciado por causa das algemas que prendiam Isadora. Foi expedida uma ordem de prisão contra Pierre Arges Solitude, o responsável pela locação do automóvel, mas ele não foi localizado. Saiu de Portugal pouco depois do acidente; evaporou-se no continente europeu.

64.

No ano de 2008, mais de vinte anos depois daqueles momentos vividos com Isadora em Belém do Pará, eu já estava cansado de pensar que havia cometido o maior erro de toda a minha vida. Os senhores são meus psiquiatras, não são? Podem não acreditar, mas foi só então que resolvi que haveria de reencontrá-la de qualquer maneira, nem que fosse preciso vasculhar o mundo inteiro. Reiniciei a busca, elegendo como ponto de partida a própria cidade de Belém, pois não havia mais ninguém da família dela em Castanhal, onde eu tinha localizado sua mãe dez anos antes. Fui pesquisando devagar, aqui e ali, sempre mostrando fotos e perguntando por uma cantora com estas e aquelas características. A cada três semanas eu estava em Belém atrás de pistas. Não vou descer a detalhes e contar todas as dificuldades que enfrentei, mas, finalmente, chegou o dia em que consegui encontrar um dos irmãos dela. Foi uma manobra muito bem-sucedida, graças à interferência do acaso.

Há tempos que Belém já era um dos municípios mais populosos do Brasil, alcançando naquela altura quase um milhão e meio de habitantes. Passados tantos anos, eu já não conhecia e nem possuía quaisquer informações a respeito de amigos ou familiares de Isadora. Achar algum deles em uma cidade tão grande seria como encontrar um pé de jambu num sítio de mandioca. Portanto, parece até mentira quando eu digo que na Cidade Velha, bairro mais antigo de Belém, localizei por acaso a pista que me levaria mais tarde a Isadora.

Encontrei essa pista ao lado do Arsenal da Marinha, no Mangal das Garças. Além de ser um dos melhores pontos turísticos da cidade, o parque ecológico do Mangal das Garças é considerado um santuário não só para essas aves, mas também para flamingos, guarás, gaviões, tartarugas de água doce, lagartos e outros animais selvagens.

Eu tinha resolvido almoçar no restaurante do lugar, mas cheguei muito cedo, antes do meio-dia, e topei com o estabelecimento fechado. Olhei à minha volta e logo vi o Farol de Belém, com seus 47 metros de altura. Passei pela bilheteria e tomei o elevador para admirar a vista do parque, com suas construções e o aningal que ocupa boa parte dos quatro hectares de lagoas e várzeas cobertas por bacurizeiros, açaizeiros e, principalmente, extensos talhões de aningas de três metros de altura ou mais, com suas orelhas de elefante e raros copos-de-leite a sarapintar de branco o verde de algumas delas.

No topo do farol fiquei chocado com o mar de água doce que se estende até as matas da Ilha das Onças, passa ao largo do espaço de construções baixas da orla belenense, segue à esquerda da plantação de prédios e arranha-

-céus do canto direito da cidade e vai se juntar ao longe, quase na linha do horizonte, com as águas da baía de Marajó. A vista era deslumbrante, mas toda a minha atenção se fixou de repente no olhar de íris negras de uma moreninha de pele clara, com cerca de catorze para quinze anos.

É Isadora, Deus do céu! Depois de tantos anos, como teria se transformado numa adolescente? Estarei ficando louco? Fiquei atento ao colorido, à maneira de andar, de falar e de gesticular... Não pude mais desviar os olhos, hipnotizado pela imagem da jovenzinha que acompanhava um grupo de dez pessoas.

Fui caminhando atrás de todos na descida do farol e pelo passeio junto ao borboletário do parque, onde fiquei à espreita, quase como um rastejador, camuflando-me entre borboletas, arbustos e vegetação da floresta. A seguir, acompanhei o grupo à distância, enquanto todos se deliciavam com a variedade de pássaros coloridos de um grande viveiro. Quando tomaram a direção do restaurante, posicionei-me sorrateiramente para entrar de forma desapercebida no grande salão de madeira, cobertura de piaçava e janelões de vidro abertos para a luz do dia e para a paisagem do mangal. Que loucura, meu Deus! Permaneci ali de tocaia como se fosse um policial disfarçado participando de uma investigação secreta. Em determinado momento, porém, fui surpreendido com um cutucão de um sujeito alto e forte, com uns cinquenta anos:

– Tu olhas o quê? Não percebes que se trata de uma menor de idade? O que pretendes ao incomodá-la dessa forma insistente?

– Desculpe-me, amigo... Nossa... Estou até com vergonha... nem percebi que estava sendo inconveniente. Desculpe meu olhar insistente, mas essa menina é uma réplica perfeita de uma amiga minha de muitos anos, Isadora Liz de Morales.

– Ahhh! Falas de minha mana – e estampou um sorriso aliviado. – Isadora e minha filha são como gêmeas idênticas, apesar de terem nascido em épocas diferentes. As pessoas todas ficam impressionadas; não é somente a ti que a semelhança delas impressiona...

Depois de alguma conversa, o sujeito disse que aceitava minhas desculpas. Tratava-se de Renato Liz de Morales, o terceiro entre os oito irmãos de

Isadora. Apresentou-se e começou a fazer perguntas sobre quem era eu, de onde vinha, como conhecia sua irmã. Depois me apresentou a cada um de seus familiares, mulher, sogros, filhos e, inclusive, à filha Alba, realmente idêntica a Isadora. Com eles estava um casal de amigos mineiros, aos quais a família se encarregava de mostrar Belém. É impressionante a forma como os belenenses, de uma maneira geral, são hospitaleiros e se esforçam para revelar às pessoas de fora todos os encantos da cidade. Apesar da violência, comum em todas as cidades e regiões mais pobres, quase todos os belenenses são receptivos e atenciosos para com os turistas e visitantes de outros lugares, sempre bem tratados.

Eu e Renato conversamos bastante e ele foi muito gentil comigo. Voltamos a nos encontrar na semana seguinte e acabei sabendo por ele que Isadora, esgotada por causa de tantas desilusões amorosas, havia tomado anos antes uma embarcação com destino ignorado e passado a viver em um lugar desconhecido – uma espécie de ilha que ninguém da família conseguiu localizar.

– Vive reclusa, segundo ouvimos falar – disse sério, meio com lágrimas nos olhos –, com dezenas de gatos e alguns cães, como se fosse a Deusa deles. Protegida por um pseudônimo, às vezes vem cantar incógnita em Belém, pois a música ainda ocupa o primeiro lugar em sua vida. Quando interpreta aquelas canções carregadas de sentimento e de dor, aquelas dos mais antigos compositores e poetas paraenses, as pessoas se emocionam e choram. Não há ninguém que consiga, como ela, arrancar das plateias tantas lágrimas de emoção. Ela canta sangrando por dentro, Pérsio! Sente em cada verso, em cada nota musical, a dor imensa daqueles que conceberam as melodias e letras que emergem de suas cordas vocais. Eu sei que tu queres vê-la, mas peço que não a procures mais. Tu a farás sofrer, como todos os homens que dela se aproximam. O marido, por exemplo, aquele crápula que lhe deixou o sobrenome/estigma – Solitude –, tentou assassiná-la e quase conseguiu. Largou-a meio morta nas ferragens de um automóvel, em um penhasco próximo de Lisboa. Isadora é um *peixe dourado* – é única. Mas, por causa dos acontecimentos de sua vida, em minha família dizem que ela é o resultado de um desastre astrológico protagonizado pelo *cavalo de fogo*, um signo asiático que não se sabe direito se é chinês, coreano ou coisa parecida. Lógico que isso é lenda! Mas vejo que tu certamente serás outro desastre para minha mana, embora não passe pela minha cabeça que possas fazer tanto mal a ela como outros já fizeram.

– Por que pensa assim se nem me conhece? Você não sabe nada a meu respeito!

– Isadora me falou de ti, Pérsio! Disse que te amou no passado e que durante anos frequentastes os sonhos dela. Mas tu não serves para minha mana. És um covarde, tanto que não assumiu seu amor por ela no momento necessário, desiludindo-a. Deixe-a viver o destino que a vida lhe deu, deixe-a viver a sina do verdadeiro *cavalo de fogo*, atrelado a uma carruagem que carrega o peso do mundo inteiro.

Saí arrasado daquele encontro, inclusive por causa do sentimento de *déjà vu* que me envolveu logo que ouvi falar em Solitude, o marido de Isadora. Porém, logo questionei tudo. Perseu, meu homônimo grego, montou o garanhão alado, Pégaso, e com ele salvou Andrômeda das garras de um ciclope. Não importa quantas medusas eu tenha que degolar ou quantos ciclopes precise enfrentar. Voarei sozinho pelas asas de Pégaso no encalço do *cavalo de fogo*! Construirei outra história para nós, Isadora e eu – uma história muito diferente desta que nunca se resolveu.

65.

(FRAGMENTO DO PRONTUÁRIO MÉDICO DE PÉRSIO ÂNGELO DA SILVEIRA)

Após alguns anos de busca, nosso paciente finalmente localizaria sua amada. A cadeia de problemas e dificuldades que se seguiram, no entanto, é digna de alguns dos contos fantásticos de Lovecraft. Mesmo depois de tanto tempo lidando com as questões emocionais de Pérsio, fomos incapazes de ajudá-lo. Também foram inúteis nossos esforços científicos para o levantamento minucioso de toda a vida de Isadora, assim como a decomposição dos relatos do próprio Pérsio – que teve boa vontade em detalhar, inclusive, todas as suas atividades durante os últimos meses anteriores à sua prisão em Castanhal.

66.

Pérsio reencontrou Isadora em 2012 numa apresentação da madrugada de Belém. Disfarçada e sob pseudônimo, ela havia se tornado conhecida como cantora *cult* da noite belenense e costumava ser aplaudida em várias rodas de intelectuais e artistas notívagos. A princípio ela não quis nada com Pérsio, passando a fugir dele como se tivesse medo. Naqueles primeiros momentos ela sentia um mau presságio e não sabia identificar corretamente o problema. De qualquer maneira, era difícil resistir à persistência de Pérsio. Obstinado, embora tímido, começou a segui-la em todos os locais, logo conquistando sua confiança e passando a se encontrar com ela assiduamente. Em pouco tempo dividiam o mesmo teto na Ilha de Solitude, junto ao rio Apeú, em Castanhal, cidade a menos de setenta quilômetros de Belém. Pescadores e trabalhadores da vizinhança batizaram a ilha em que vivia Isadora com o nome de Solitude, graças ao sobrenome herdado de seu casamento com Pierre.

67.

Quase nada se via naquela escuridão, subjugada aos poucos por um sol tímido que ia se intrometendo devagar por uma pequena fresta do cortinado da janela. Onde eu estaria? Num sonho? Olhei para a cama, onde os cabelos negros de uma mulher se espalhavam sobre o lençol claro. Levantei-me trôpego em direção à janela, abri um vão no cortinado e vi das alturas o azul marinho do Oceano Atlântico, envolto em névoas, a se estender na direção da África. Aonde chegarei se saltar da janela e voar em uma linha reta? Angola? Namíbia? Talvez chegue a Solitaire, um pequeno povoado no deserto da Namíbia... Eu poderia morar ali com a minha Isadora. Se ela gosta tanto da pequena Ilha de Solitude, gostará de viver em Solitaire. Solidão por solidão... Pensamento bobo, sem sentido; nem sei se Solitaire é assim tão solitária. Olhei à minha direita, para fora da janela, e lá estava a silhueta do Morro dos Dois Irmãos. Estou no Rio de Janeiro, carácoles!... Olhei novamente para a cama e vi minha amada ali estendida. Há anos que eu não invadia os seus sonhos. Com quem ela estaria sonhando agora? Senti ciúmes. Tratei de pensar em outra coisa.

Passou pela minha cabeça, num flash, um momento da juventude em que me acidentei na tentativa de ver a janela da mulher amada, só para imaginá-la na intimidade de seu quarto, a dormir entre lençóis. Agora eu a tenho aqui na minha cama. Por que não estou comemorando? Sei que não se trata daquela mesma mulher amada: tenho aqui comigo *a mulher amada deste momento*. Pérsio!, resmunguei comigo. A mulher amada deste momento? Dá para ter uma para cada ocasião?

Abri a gaveta do criado-mudo, lá estava minha *browning baby* 6.35, pistola automática que ganhei do avô de minha primeira mulher e que nos últimos anos sempre trago comigo. Empunhei-a satisfeito com seu pequeno tamanho, da dimensão de um punho feminino, permitindo-lhe passar despercebida em todas as circunstâncias. Depois de escondê-la entre minhas coisas, fui escovar os dentes. Ao retornar beijei o rosto de Isadora, que abriu os olhos, lânguida, e sorriu se espreguiçando. Tentei beijar seus lábios, mas ela saiu para o banheiro. Aquilo reforçou minha sensação de vida real. Eu não estava representando em Hollywood, onde as pessoas já acordam se beijando, sem se importar com o mau hálito do despertar...

Abri completamente o cortinado e me deslumbrei com a praia do Leblon lá embaixo, sob a atividade de meia dúzia de madrugadores se exercitando. Era um domingo e uma das pistas da Delfim Moreira estava aberta só para pedestres, carrinhos de bebês, patinetes, velocípedes... Seria bom se nos mudássemos aqui pro Rio, não? Não! Isadora só sairá de sua pequena Solitude se for para morar em algum lugar como a Solitaire do deserto da Namíbia.

Tudo havia sido muito complicado desde que eu havia reencontrado Isadora. Aos poucos fui conseguindo me reaproximar, até que reatamos de uma vez. Daí para convencê-la a morarmos juntos foi um pulo. Mas tivemos que negociar bastante entre nós, pois ela não abria mão de ficar onde estava. Lógico que eu preferia morar em qualquer outro lugar, menos ali diante de um rio em Castanhal, tão longe da civilização, no meio das dezenas de cães e gatos que ela criava com o maior carinho. Mas, o que não se faz por amor?... Aceitei mudar-me, ao menos por um período, ganhando tempo para convencê-la devagar a optar por outro local não tão solitário.

Aproveitamos o sossego daquela manhã que nascia para nos amarmos. Foi como uma reprise dos tempos do extinto Hotel Equatorial. Mas tudo havia mudado tanto... Eu possuía agora mais de sessenta anos, embora me sentisse um menino. Estava calvo e com a barba branca, mas sem nenhuma barriga, felizmente, graças aos esportes diários e a uma dieta extremamente rígida. Por sua vez, nos seus quarenta e seis anos Isadora ainda conservava sua beleza do passado, embora não fosse mais possível compará-la à *máquina* que eu havia conhecido vinte e seis anos antes. Nada disso importava, entretanto, pois estávamos felizes e unidos como um casal de cisnes. Aliás, todo o amor hibernado em mim como um urso no inverno havia despertado forte e maduro, preparado para enfrentar o tempo que ainda tínhamos pela frente. Pelo menos era o que se sentia naquela espécie de lua de mel, a partir da qual desfrutaríamos do final feliz que eu havia idealizado para nós dois. E o chavão "viveram felizes para sempre" não saía de minha cabeça.

68.

– Vamos caminhar em volta da Lagoa? – propus a Isadora ao concluir meus devaneios. – Depois tomamos um banho e vamos até a feira de antiguidades da praça Santos Dumont. Almoçaremos no Braseiro da Gávea: picanha com batatas estufadas, arroz de brócolis e farofa de banana. O que acha?

Lá fomos nós a pé para a lagoa Rodrigo de Freitas naquela manhã de sol e céu azul, sem nuvens. Tudo teria corrido muito bem não fosse um sério incidente no trajeto. Três rapazes que não deviam ter nem dezoito anos vieram nos assaltar, armados de faca. Engoli em seco ao imaginar que aquele assalto poderia acabar para sempre com a felicidade de Isadora e com a minha. Comecei a tremer e a gaguejar; fiquei atordoado, sem saber que reação poderia ter. Os meninos gritavam ameaçadores e a situação foi queimando dentro de mim um medo, aliado a uma raiva incontrolável, reforçada pelo desejo de simplesmente matá-los. Com um movimento estudado, fiz que ia pegar a carteira de dinheiro no bolso, mas saquei a *baby*, disparando rapidamente três tiros antes de ela engasgar. É um perigo usar balas velhas em pistolas automáticas, porque ao engasgar essas armas se tornam imprestáveis, inofensivas como revólveres de brinquedo. Com o som dos tiros, dois dos assaltantes – nem sei se cheguei a feri-los – fugiram como coelhos aterrorizados. O terceiro deles, entretanto, caiu baleado, gritando e implorando por sua vida, *Não me mate! Não me mate!* Com a arma engasgada, só me restou chutá-lo com todo o ódio que me invadia. Acertei seu rosto com o salto do sapato e o sangue jorrou pelo nariz e pela boca do menino. Movido por ódio, passei a chutá-lo por todo o corpo, com o calor do sangue e da adrenalina explodindo em minhas veias. Isadora me agarrou e ficou tentando me puxar:

– Pérsio, pelo amor de Deus! Assim tu o matarás. É só um menino, deixe-o em paz, já não oferece perigo.

– Um menino? Ele teria esfaqueado nós dois se pudesse!

Continuei chutando e chutando, com Isadora dependurada em mim. Chegaram uns transeuntes (a turma do *deixa-disso*) e me imobilizaram. Assustei-me com o tumulto provocado, pois surgiu em instantes um monte de gente, que se dividiu em dois grupos: o daqueles que queriam completar o linchamento do rapaz; e o dos que tentavam protegê-lo das agressões. No calor do bate-boca Isadora me puxou e tomamos um táxi antes que a polícia aparecesse.

Fiquei preocupado com o estado de nervosismo dela, que não quis mais sair do hotel, com dores de cabeça e mal-estar. Mais tarde questionou-me séria:

– Nunca imaginei que tu pudesses estar armado. Sempre carregas contigo uma pistola?

– Sim, hoje em dia sim. Qual é o problema?

– Pérsio, és tão diferente do Pérsio que eu conheci... Tu não farias mal a um camundongo no passado. Lembra? Todos diziam, *Pérsio é uma moça*. Eras tão doce; tão suavemente pronto para perdoar... Hoje eu o vi raivoso, implacável, querendo o sangue daqueles meninos. Atiraste para matar!

– O que é isso, Isadora? Não esqueça que aqueles meninos não eram tão meninos assim, e portavam facas tão afiadas quanto pontiagudas. Se lhes desse na cabeça, nos matariam como ovelhas no matadouro.

69.

No dia seguinte Isadora me pareceu menos traumatizada. Considerando que ir ao Rio de Janeiro e não subir ao Cristo Redentor, uma das sete maravilhas do mundo moderno, equivale a assistir um pôr do sol na baía do Guajará de olhos vendados, lá fomos nós para o Corcovado, sem imaginar que outro incidente estragaria nossa lua de mel. Isadora disse que foi tudo loucura de minha cabeça e jurou que não aconteceu nada do que eu vi acontecer. Mas não sou louco e nem cego: sei muito bem o que eu vi.

Optamos por subir o Corcovado de trem, pois não há nada que agite mais as emoções do que os frios na barriga daquele ziguezaguear nas alturas, a avançar pelo Parque Nacional da Tijuca, a maior floresta urbana do mundo. Era uma segunda-feira e o afluxo de turistas não lembrava em nada a loucura dos finais de semana. No trajeto, para minha surpresa, pilhei Isadora correspondendo aos olhares de um homem de uns quarenta anos, acompanhado de uma garotinha de nove, sua filha, conforme eu verificaria mais tarde. Fingi não perceber nada, mas não pude deixar de ficar atento. Além de não ter nascido ontem, nunca tive dificuldades para interpretar os sinais de um jogo de sedução em andamento.

Fingindo desatenção, fui comentando com Isadora algumas curiosidades que eu havia aprendido sobre o Cristo Redentor com a leitura de um best--seller escrito por uma irlandesa.

– Uma irlandesa escrevendo sobre a história do Rio de Janeiro?

– Não é um livro de história; é um romance. A trama se passa na década de 1920, junto à família do carioca Heitor da Silva Costa, que era um engenheiro e arquiteto de prestígio na época. Depois de concluir que não fazia sentido uma Paris sem a Torre Eiffel, uma Nova York sem a Estátua da Liberdade ou uma Londres sem o Big Ben, esse carioca se lançou na aventura de criar um símbolo equivalente para o Rio de Janeiro. E depois de vencer a guerra pessoal que declarou, o país ganhou o Cristo Redentor, plantado para sempre no topo do Morro do Corcovado, a admirar a cidade, sua cadeia de montanhas e sua orla marítima. Isso foi em 1931; nunca mais houve quem pudesse imaginar o Rio de Janeiro sem esse monumento.

Enquanto ia como um guia turístico matraqueando sobre diversos aspectos de nosso passeio, como quem não quer nada, eu aproveitava para prestar atenção aos movimentos daquele sujeito que, a pretexto de estar tomando conta da filha, buscava sorrateiramente a atenção da minha Isadora. O pior de tudo – o que me deixava mais fora de mim – é que ela, Isadora, imaginando que eu estivesse desatento, correspondia na surdina aos sinais do rapaz, flertando com ele na minha cara!

Confesso que aquele jogo foi me enervando. É incrível como a raiva pode nublar a visão de qualquer ser humano, a ponto de torná-lo tão cego e desnorteado quanto uma toupeira. Quem aquele cara estava pensando que era? Algum garanhão de tão sedutor? E Isadora? Por que me desrespeitava daquele jeito? Sem que se dessem conta, a pouca vergonha foi descambando para a ousadia, chegando ao auge quando ela e o sujeito sorriram descaradamente, um para o outro. Sacar de novo minha *baby* estava fora de cogitação, não só pela falta de balas, mas porque o assunto não exigia uma solução tão drástica. O que eu precisava era dar uma lição no sujeitinho, para que ele nunca mais pensasse em se aproximar da mulher alheia. Felizmente, preferi não desmascarar os dois antes do momento certo. Com mais de sessenta anos, o mais provável é que levasse a pior num confronto aberto, pois o rapaz era grande e forte, além de possuir cerca de vinte anos menos do que eu.

Aí estavam as grandes desvantagens que eu precisaria reverter: tamanho e idade. E eu o faria usando a cabeça em vez da força, e a astúcia em lugar da destreza física. Atacaria o adversário quando ele menos esperasse; e para não perder a vantagem da surpresa, dispararia uma bateria de golpes sequenciais, só descansando ao nocauteá-lo. Aguentei todo o transcurso da viagem me fazendo de bobo. Quando o trem parou, pedi licença para Isadora, e desci rapidamente atrás do objeto com o qual eu golpearia meu antagonista. Qualquer barra de ferro, cabo de aço, martelete ou chave inglesa serviria, conforme *script* ensaiado e decorado em minha mente.

Junto a um pipoqueiro vi largada num canto uma chave de roda estrela, daquelas que os borracheiros usam para trocar pneus. Peguei-a calmamente, como se fosse minha, e caminhei a passos largos na direção de meu rival, que conversava distraído justamente com minha amada, numa cara de pau que eu nunca tinha visto antes. O som do aço batendo no crânio dele não ficou devendo nada à badalada de um sino da Basílica de Belém. Acertei a primeira pancada e já emendei uma segunda, enquanto a menina que o acompanhava pulava no meu pescoço aos gritos e arranhões, no maior barraco que o Cristo Redentor já assistiu aos seus pés. Com a menina dependurada em mim joguei longe a chave estrela e acertei um soco no indivíduo, aproveitando que estava quase nocauteado. Acertei outra pancada e mais outra, até que Isadora interveio. Aí, com a força do ódio e da raiva, consegui me desvencilhar das duas e preguei uma sequência de três ou quatro porradas fortes na cara do sujeito, só parando quando vi que ele, largado em uma poça de sangue, não se mexia mais e nem sentia os golpes. Sosseguei todo suado e ofegante, vermelho de raiva e cheio de vergões provocados pelas unhas da menina que gritava agarrada nas minhas costas: *Larga o meu pai, larga o meu pai.* Quanto a Isadora, chorava perguntando: *Enlouqueceste? Enlouqueceste?.* Um bando de gente apareceu do nada para me imobilizar e dois policiais me deram voz de prisão. Fui algemado e me levaram diretamente para o Distrito Policial mais próximo, preso em flagrante pelo crime de lesões corporais de natureza grave. A vítima foi para o Hospital Rocha Maia, em Botafogo, com traumatismo craniano e vários ferimentos sérios. Eu só queria dar-lhe uma lição; não esperava que se machucasse tanto. Além do processo crime, eu responderia nos meses seguintes a uma ação de responsabilidade civil pelos danos materiais e morais provocados. Quanto ao problema mais imediato da minha prisão, o advogado que Isadora contratou no mesmo dia logo obteve o relaxamento do flagrante e fui libertado para responder ao processo em liberdade.

Nossa lua de mel terminou ali e voltamos para Castanhal, com Isadora me acusando de ter enlouquecido:

– Não acredito, Pérsio. Como tu fizeste tanta coisa ruim em um simples passeio ao Corcovado? Atacar um pobre pai de família, massacrando-o na frente da filha ainda pequena? Que covardia, Pérsio!

– Você é a culpada! Você deu bola para o sujeito. O resultado não poderia ser outro. Não sou nenhum frouxo, nunca aceitaria aquela pouca-vergonha.

Isadora sustentaria até o fim que o flerte criado pela minha imaginação jamais aconteceu. Hoje tenho certeza de que não houve nenhum engano de minha parte. O que eu vi, vi. Meus olhos não mentiriam.

70.

Se o amor regular – como o conhecemos entre pessoas normais – às vezes revela dificuldades intransponíveis, imaginem um amor desovado pela cabeça de alguém que vinha apresentando os problemas mentais de Pérsio. Em mais seis ou sete meses o casal estava surpreso por ter descoberto o óbvio: Isadora não era mais a Isadora dos sonhos de Pérsio; e ele, por sua vez, também não era o Pérsio que montava Pégaso para salvá-la nas noites de pesadelo. Haviam criado tantas expectativas, tantas ilusões. Pérsio imaginava que ao reencontrar Isadora sua vida se transformaria em uma existência leve e envolvente, graças ao amor represado, mas finalmente libertado. Isadora, por sua vez, embora fosse bem mais lúcida, idealizava uma existência cheia de encantamento ao lado de alguém como Pérsio. Porém, ela o imaginava doce e amoroso como ele era no passado e não como se revelou diante dos novos tempos.

O amor dos dois se mostrou completamente inviável quando as brigas e discórdias se intensificaram. De um lado, os pensamentos desnorteados de Pérsio; de outro o hábito de solidão enraizado na personalidade de Isadora Solitude. Depois de vários meses de discussões acaloradas e desentendimentos generalizados, a hipótese de separação começou a rodeá-los como o tubarão que em círculos vai preparando o ataque final à sua presa. Pérsio não conseguia entender o que acontecia. Durante anos e anos acordou e foi dormir com o pensamento fixo em Isadora. Como aceitar que todo seu amor pudesse fugir como a água que se lança das montanhas e se esvai entre as pedras das corredeiras? Quanto a Isadora, sofria calada, especialmente quando assistia ao companheiro espernear como uma criança contrariada, escancarando uma evidente fragilidade emocional, agravada por dificuldades psicológicas intransponíveis.

Para uma leve ideia do que acontecia, fiquemos atentos ao seguinte discurso de Pérsio em um de seus momentos de paranoia:

– Sobre essa ideia de separação, tenho uma coisa para confessar-lhe, Isadora.

– Sim, Pérsio, o que é?

– Estamos em 2013, mas a partir de 1986, quando nos encontramos pela primeira vez, venho me mantendo em um voo permanente, sem me distanciar de você. Invadindo devagar seus sonhos e sua inconsciência, consegui em determinado momento me insinuar sobre sua vida real, introduzindo-me no seu dia a dia sem que percebesse.

– O que dizes, Pérsio? Que loucura é essa?

– Sim, Isadora; estamos e estaremos sempre juntos, inclusive na eternidade; eu a amo com forças que superam tudo aquilo que pode ser considerado razoável e admissível... Você jamais conseguirá se desvencilhar de mim!

– Pérsio, o que há contigo? Que história amalucada?...

– Você se engana quando imagina que só existe o mundo físico que conhece. Há também um mundo energético, um mundo imaterial que é muito mais importante do que este em que você está vivendo. A partir de 1986, ao amá-la tanto quanto a amo, precisei buscar em outras dimensões caminhos para estar sempre junto de você. Demorou muito, mas acabei aprendendo a me introduzir em sua vida e a manifestar meu amor de diversas formas, até maldosas, doentias. Pensa que o amor é sempre bom e saudável?

E em meio a esses diálogos desconexos, os desentendimentos do casal se agravavam semana a semana, dia a dia, hora a hora, até que aconteceu a tragédia.

71.

Numa tarde de quinta-feira, mês de julho de 2013, Pérsio encontrou a casa toda revirada, com um corpo de mulher estirado sobre uma poça de sangue. Semanas mais tarde um velho índio da etnia dos boraris de Alter do Chão[15] foi o especialista designado para preparar a reconstituição do crime. (A polícia técnica de Castanhal era conhecida pelas reconstituições criminais quase mágicas que costumava realizar, fama que certamente tinha origem na experiência dos profissionais boraris que a atendiam nessa época.)

Isadora estava sentada na sala da pequena casa e escovava seus longos cabelos negros, ainda molhados da ducha fria que havia acabado de tomar, quando notou que os dois gatos que lhe faziam companhia fugiram repentinamente. Será que Pérsio voltou? Deve estar realmente transtornado para o Lula e o Jader se assustarem desse jeito. Mas ele saiu daqui tão calmo... Triste e arrasado, mas calmo e resignado.

Olha a cobra, passarinho!

No momento em que sentiu uma mão agarrar-lhe a garganta com violência, Isadora estava absorta em pensamentos sobre o ponto final que havia decretado pela manhã em seu romance com Pérsio. Ela tentou escapar, sentindo todo o desespero da urgência vital provocada pela asfixia, e lembrou-se aterrorizada de um momento da infância em que experimentou uma agressão semelhante. Seus olhos se arregalaram com a veemência da lembrança; e sentindo que morreria antes que pudesse respirar novamente, transformou-se numa tigresa enfurecida, metendo suas unhas na carne das mãos e dos braços que a agarravam. A força impetuosa que a imobilizava se afrouxou por um breve instante e ela conseguiu respirar forte, até que a pressão daquelas mãos enlouquecidas voltou à carga, impedindo-a novamente de receber oxigênio. Ela se debateu alucinada e agarrou o primeiro objeto que viu por perto: uma caneta Parker de prata de lei que imaginava perdida. E usando-a como se fosse um punhal, espetou o agressor repetidamente com toda a força. Escutou urros de dor e cólera, conseguindo se desvencilhar a tempo de correr para a cozinha, tropeçando com alarde em todos os objetos que foi encontrando pelo caminho. O agressor seguia-a de perto e se atirou sobre ela, socando-a sucessivamente para nocauteá-la de uma vez. O sangue espirrou e ela sentiu a dor de ossos se partindo. Quase desfalecida, viu o inimigo se levantar, passando a chutá-la por todo o corpo, especialmente na região do abdômen. Isadora ainda sentia cada baque, mas era como se estivesse anestesiada, pois não havia mais dores. Depois que suas vestes foram inteiramente arrancadas pelo agressor, um facão afiado passou com um zás por sua carne, abrindo-lhe um corte que subiu da nádega direita até o ombro esquerdo. Outro corte se abriu do ombro direito até a nádega esquerda, formando em xis uma espécie de assinatura sanguinolenta sobre a parte de trás de seu corpo. Arrastada pelos cabelos até a sala, Isadora ainda teve tempo de ver o rosto de seu assassino; então, sua jugular foi seccionada de um golpe só e todo um restinho tênue de sua vida foi se desvanecendo rapidamente, no mesmo ritmo com que seu sangue se esvaía.

Surgiu nesse instante o vulto de Pégaso num voo enlouquecido para alcançar Isadora em sua queda pelo precipício que se abria. Porém, ela caía muito rapidamente e o cavalo, ainda que sem o peso de uma montaria, não conseguia se aproximar. Ao vê-lo ficando para trás, as lágrimas dela se misturaram ao sangue em suas faces e mancharam seu último sorriso: o mais triste de toda a sua vida. Num relance final, passaram-se diante de si, como na projeção acelerada de uma película cinematográfica, milhares de lembranças e memórias que guardava desde o nascimento. Recordou-se de todas as dores físicas e emocionais que sentiu, dos amores e desamores que viveu, das canções que cantou e de toda a emoção que proporcionou às pessoas que a ouviram.

Minha vida não foi inútil! Quanta emoção minha música não trouxe para as pessoas?

Com esse pensamento, ignorando as dores que a maltratavam, abriu os olhos num átimo e toda a felicidade repentina que sentiu relampejou na escuridão de suas íris. Nesse ponto, a respiração de Isadora cessou, seu coração parou, sua visão se apagou e ela não escutou mais nada, senão o silêncio absoluto da morte.

72.

Consta que ao retornar para casa e se deparar com aquela cena da amada morta, Pérsio abraçou e beijou o corpo dilacerado de Isadora, enquanto chorava convulsivamente. Passaram-se uns trinta minutos até que se acalmou e ligou soluçando para a polícia. Os guardas chegaram, veio também uma ambulância e alguns repórteres de O *Liberal* e do *Diário do Pará*. Sem entender o que se passava, Pérsio saiu de casa algemado, preso em flagrante por homicídio:

– Por que eu chamaria a polícia se fosse o assassino?

– Cala a boca, miserável! Entra aí no camburão!

73.

Logo depois da prisão de Pérsio Ângelo da Silveira, a equipe de psiquiatras que tratava de sua doença há cerca de trinta anos foi chamada a Belém pelos advogados dele, pois o próprio não entendia o que havia acontecido. Estaria sendo vítima de algum complô? Quando foi entrevistado pela equipe, chorava desesperado de dor pela morte da amada, sem imaginar como viveria daí em diante. Sua alma permaneceu uma vida prisioneira do amor por aquela mulher... Seria então a vez de seu corpo? Dois dias depois, mais calmo e confiante, iniciou seu relato a respeito da história que viveu com Isadora Solitude.

A raridade da doença de Pérsio, em estudos havia tanto tempo, justificou a interferência do Instituto de Doenças Mentais Arthur Caropreso, que instalou a equipe em uma cobertura na avenida Assis de Vasconcelos, esquina da rua Oswaldo Cruz. Dos fundos se avistava a praça da República, da frente toda a baía do Guajará. Os membros da equipe se acostumaram a fazer reuniões no terraço ao amanhecer e discutiam durante o café da manhã todas as questões que iam surgindo com o aprofundamento de suas análises. Em uma das manhãs, Adolpho Urso, um dos membros mais antigos e atuantes da equipe, iniciou um debate:

– Senhores, a mente de Pérsio o enganou. Ele conheceu Isadora e apaixonou-se. A seguir, ela saiu pelo mundo e ele ficou sonhando e lamentando o grande amor que havia sabotado, por omissão. Como se fosse uma casamata subterrânea, Pérsio só se abriu daí em diante para contatos superficiais e passageiros. Abandonou para sempre todo o tipo de convivência mais profunda, limitando-se a permanecer centrado em seus sonhos de amor e em seus lamentos de solidão.

– Também acredito nisso – interrompeu Lourival Mattos, outro membro da equipe. – Pérsio é romântico, é sonhador; sempre acreditou, sem duvidar, na grandeza de seu amor por Isadora. E assim, recolheu-se em um mundo imaginário, blindando-se contra quaisquer amores ou paixões capazes de emergir no plano da realidade.

– Pois é. E anos mais tarde, cansado de seus fracassos reais no quesito "amor", resolveu lutar para reencontrar a amada. Achou-a na noite de Belém, mas aos poucos ela foi se transformando em uma dolorosa decepção.

– É... o amor que havia alimentado por tantos anos não era propriamente o amor por Isadora, mas por uma espécie de sombra dela. Será que Pérsio teria sido tomado pelo ódio e pela ira ao sentir isso? Acha que ele a teria assassinado por essa razão inconsciente?

— Não, Lourival, não esqueça que essas conjecturas caem por terra diante de um dado real: Pérsio nunca foi capaz de matar alguém de forma violenta; ele era uma moça de tão delicado.

Etevaldo Cabeça, estudioso de criminologia, não resistiu:

— O quê? Não acredito que pensem assim! Enlouqueceram? Esqueceram a lua de mel no Rio de Janeiro? Pérsio massacrou um menino que tentou roubá-lo e um pai de família que o deixou enciumado! Por um triz os dois não foram mortos. É esse o sujeito incapaz de matar alguém violentamente? Uma moça de tão delicado?...

Adolpho levantou a sobrancelha num gesto típico que adotava sempre que desejava ganhar tempo para pensar:

— Não estou esquecendo isso. Sabemos muito bem que a violência faz parte do ser humano e pode emergir em quaisquer circunstâncias, independentemente da índole do indivíduo. A mais pacífica dançarina de modinhas infantis pode ter reações extraordinariamente violentas, sem nenhuma compatibilidade com sua maneira de ser.

O silêncio tomou conta dos debatedores, enquanto Adolpho fazia uma pausa, tomava um gole d'água e prosseguia confiante nos argumentos que apresentaria:

— Sim. Mas a conduta dócil que Pérsio demonstrou durante toda a sua vida, embora não seja uma garantia de comportamento doce e maleável, não basta para transformá-lo no assassino cruel, perverso e sanguinário apontado pelas autoridades. Vocês conseguem imaginá-lo fazendo no corpo da amada todo aquele estrago que vimos no IML de Belém? Conseguem imaginá-lo como autor daqueles cortes profundos nas costas e nas nádegas de Isadora? Conhecemos Pérsio há anos. Ele não faria isso nem que estivesse tomado pelo mais completo ódio!

— Há também outro aspecto, Adolpho — Lourival Mattos olhou para o nascer do sol com a expressão de um poeta pronto para declamar versos. — Nenhum amor é capaz de perdurar uma vida inteira sem ser alimentado. Portanto, esse amor insano de Pérsio por Isadora não poderia sobreviver nem como uma ilusão. O tempo em que ficaram sem se falar e sem se ver foi muito longo.

– Ah!... Lourival... Isso não tem nada a ver com o ponto que estamos discutindo! Aliás, não tem nenhuma importância para o nosso caso. Não vejo absurdo num amor ou numa ilusão que tenham perdurado por tanto tempo, mesmo sem qualquer tipo de contato entre os amantes.

– Pois é, Lourival! O Adolpho tem toda a razão – Etevaldo Cabeça surgiu para afastar as colocações do companheiro. – A literatura psiquiátrica relaciona centenas de casos semelhantes. Seja amor ou ilusão, a verdade é que, no mínimo, a imaginação de Pérsio alimentou esse sentimento no correr dos anos. Não esqueça que Pérsio é enfático ao afirmar que desenvolveu na distância o poder de participar dos sonhos e até da vida real de Isadora...

A equipe passou o mês de agosto de 2013 em debates diários sobre o paciente e a gravidade de sua situação pessoal. Ora acreditavam que ele era totalmente inocente, ora aceitavam a hipótese de ter assassinado sua consorte. Nos primeiros dias de setembro daquele ano, entretanto, foram surpreendidos pelos acontecimentos e ficaram sem saber no que acreditar.

74.

Naquela quarta-feira, almoçaram no Remanso do Bosque* – lombo de filhote na brasa, salada de feijão manteiguinha, macaxeira na manteiga de garrafa e a famosa cachaça de jambu que eles servem. Em frente ao restaurante, no Jardim Botânico Bosque Rodrigues Alves, de 1883, inspirado no Bois de Boulogne, de Paris, faziam a digestão numa caminhada, quando, diante de um curso d'água em que se viam diversas plantas aquáticas, o psiquiatra Lourival Mattos comentou:

– Vejam, ali está a vitória-régia. Só desabrocha e brilha à noite. É a "estrela das águas", que ficou conhecida no mundo inteiro quando alguém a chamou de Vitória Régia, em homenagem à rainha Vitória, dona dos jardins europeus em cujos lagos algumas sementes vindas da Amazônia germinaram e cresceram, disseminando a planta e a lenda:

---

* Naquele momento a casa estava adquirindo fama internacional, depois de ter sido elevada à categoria de único restaurante brasileiro fora do eixo Rio/São Paulo a figurar entre os cinquenta melhores de toda a América Latina.

No começo do mundo, sempre que a Lua se escondia, levava consigo as mais lindas jovens que encontrasse na noite, transformando-as em estrelas do céu.

A princesa Naiá, filha de um grande chefe índio, encantada com a ideia de ter esse destino, passeava pelas colinas na esperança de ser vista e levada pela Lua.

Uma noite, com o luar refletido em um lago, imaginou que havia chegado o seu momento; atirou-se nas águas profundas; afogou-se...

Sensibilizada, a Lua transformou-a na Vitória Régia – a "estrela das águas", com flores que só desabrocham durante a noite, brancas e perfumadas.

Os psiquiatras iam comentar algo sobre essa lenda e sua relação com a falecida Isadora, que também desabrochava e brilhava apenas à noite, quando viram o dr. Amadeu Barbalho, delegado geral do DP de Nazaré, chegar correndo, gordão e suado, todo esbaforido:

– Pessoal, pessoal! Estava procurando vocês como um louco. Pérsio desapareceu da cadeia. O paciente de vocês simplesmente sumiu... Evaporou-se como neblina sob o calor do sol!

75.

Por ter curso superior completo, Pérsio vinha sendo mantido em cela individual da Delegacia Geral da Polícia Civil do bairro de Nazaré, em Belém. À noite o delegado de plantão ainda passou em frente às grades e constatou que ele dormia tranquilo, depois de ter comido o último pedaço da pizza (mussarela, aliche e tomate) que os psiquiatras lhe deixaram no final da tarde. No amanhecer do dia seguinte, entretanto, não havia nenhum sinal de Pérsio, desaparecido sem deixar qualquer vestígio. Embora tenham recaído sérias suspeitas sobre um dos carcereiros – que não soube explicar a origem dos R$ 1.500 em notas de cem encontrados em seus bolsos – sobrou de tudo uma única pista mais relevante. Naquela semana em que ele desapareceu, um Boeing 747 da TAM partiu do Aeroporto Internacional de Belém (Val-de-Cans)[16] com destino a São Paulo. Levava um passageiro que chamou a atenção de uma das aeromoças, porque portava, no calor equatorial da cidade, uma pesada japona de golas altas a esconder parte de seu rosto. Os registros consultados mostraram que após a aterrissagem em

Cumbica o suspeito roubou um pequeno avião monomotor Piper Cherokee e desapareceu no meio de uma tempestade. Segundo as autoridades apuraram junto à TAM, seu passaporte francês indicava que era residente na cidade de Toulouse, no sul da França, e se chamava Pierre Arges Solitude.

76.

(FRAGMENTO DO PRONTUÁRIO MÉDICO DE PÉRSIO ÂNGELO DA SILVEIRA)

O sumiço de Pérsio Ângelo da Silveira, seguido da presença suspeitosa de Pierre Arges Solitude em terras brasileiras, deixou as autoridades policiais do Pará tão desnorteadas quanto animais silvestres surpreendidos por um incêndio na mata. A vantagem foi que, depois de algum tempo, acabamos conseguindo o que desejávamos: uma autorização sigilosa para revistar os objetos pessoais do casal na residência lacrada da Ilha de Solitude, no rio Apeú, em Castanhal. Revistamos tudo atrás de respostas; porém, nada encontramos de significativo. Para não dizer que não encontramos nada, achamos dois manuscritos que, embora muito diferentes entre si, estão interligados por um emaranhado semelhante à teia invisível com que a aranha aprisiona os insetos que a alimentam.

Ao ler esses manuscritos, nosso colega Adolpho Urso, sempre muito atento, relembrou algumas afirmativas de Pérsio no dia em que iniciou seu relato:

(...) descobri como viver em dois mundos diferentes: no mundo material, concreto, em que eu vivia de uma forma física; e no mundo intangível, onde só o meu espírito conseguia se aventurar com liberdade.

(...) exceto nos fugazes instantes dos sonhos – não há quaisquer meios seguros de se abandonar em um canto a matéria e se transportar com o espírito para outro lugar.

(...) eu conviveria com Isadora no mundo dos sonhos e da imaginação, até que isso não mais me contentasse (...)

(...) Mas, o desastre mesmo só seria rascunhado quando o liame entre os meus mundos – o corpóreo e o incorpóreo – seccionou-se (...)

(...) e eu me vi dividido em duas partes: uma perdida no chão, enquanto a outra voava alucinada para algum lugar desconhecido.

Não temos como indicar um caminho a ser traçado em busca da verdade, mas hoje estamos convencidos de que a solução de todo o mistério que envolveu a tragédia de Isadora depende de uma radioscopia minuciosa desses posicionamentos de Pérsio em comparação com aspectos subliminares dos dois manuscritos encontrados. Há uma conexão inexplicável entre as posições dele quanto aos dois mundos a que se refere e as colocações que encontramos expostas nos manuscritos.

77.

O primeiro dos manuscritos encontrados pelos psiquiatras havia sido rabiscado em um guardanapo de papel com o desenho impresso de um muiraquitã estilizado. Ao transcrever versos de Manoel de Barros – *a gente é rascunho de pássaro. Não acabaram de fazer...* –, uma letra de mulher usava o poema para sugerir que o homem nasceu para voar, embora não lhe tenham dado asas. E acrescentava num canto do guardanapo: *o pior inimigo não é aquele que sempre te odiou, mas quem te amou para a vida e para a morte.*

O segundo manuscrito era uma carta do final de 1986. Como o anterior, também cuidava do sonho de voar; revelava, além disso, o primeiro momento em que Pérsio se deu conta do mundo incorpóreo que aprenderia a explorar anos mais tarde:

> Isadora,
>
> Estou voando a milhares de metros de altura sobre a região de cerrado de Goiás, a caminho de São Paulo. A velocidade é superior a 800 km por hora, e no lado exterior do avião a temperatura atinge uma marca de dezenas de graus abaixo de zero. Nós nos despedimos ainda há pouco no aeroporto. Beijamo-nos demoradamente, como se fosse a última vez. Cuide bem de si, meu amor! São tantas as armadilhas...
>
> Quase não acredito que já estamos tão longe um do outro. Ainda sinto em meu corpo o perfume de sua pele... Algo faz falta aqui dentro de mim: há um vazio que me tortura! Meus olhos se enchem de lágrimas. Tento fazê-las voltar para trás, mas avançam e tombam desobedientes pelo meu rosto inteiro. Fico com vergonha da aeromoça e dos passageiros mais próximos.
>
> Passam-se uns vinte minutos e começo a me sentir menos angustiado. A paisagem do céu vai me tranquilizando. Começo a sentir a existência clara e

transparente de um mundo incorpóreo que admite qualquer coisa que minha imaginação possa conceber. Pronto; aí está a resposta; aí está o segredo de tudo! Meu amor por você ficou tão poderoso e invencível, que nada mais será capaz de vencê-lo.

Nossos momentos jamais serão apagados, continuaremos a vivê-los para sempre. Nem o tempo e nem a distância que separa os nossos corpos serão capazes de dissolver esse amor e me afastar de você. Em cada cenário da natureza estarei com você para sempre. Não será apenas na paz das nuvens, mas também na beleza dos rios, dos mares, das selvas... Sentirei o calor de sua voz no amanhecer, com o alvoroço dos pássaros; ou no entardecer, com o barulho das ondas do mar.

Com esses pensamentos, uma sensação de calma vai se derramando em mim, como se derrama sobre a selva, no alvorecer do sul do Pará, aquela densa névoa de superfície de que lhe falei uma vez. Admiro a paisagem da minha janela – "a mesma que Deus vê todos os dias enquanto saboreia seu café da manhã".

Ao receber esta carta, cante uma música para mim, meu amor. De onde eu estiver ouvirei a sua canção. Perceba: nunca mais estaremos separados. Não importa o que aconteça em nossas vidas, até o último dia continuarei a amá-la. Então, aproveite comigo a mesma calma e a mesma suavidade deste instante, durante o qual a minha angústia desaparece como uma mágica e sou envolvido pela sua imagem, refletida em cada ponto luminoso que surge na velocidade do meu voo.

P.A.S.

Epílogo

A elucidação, embora seja a mais temível assassina do mistério, nem sempre consegue vencê-lo. O conjunto de revelações dos dois manuscritos encontrados pela equipe de psiquiatras não autoriza qualquer conclusão mais séria, infelizmente. A morte de Isadora Solitude jamais será elucidada; o mistério se manterá sempre a salvo e não há nada que se possa fazer. Todo psiquiatra tem um pouco de louco, não? Pois aqueles profissionais da equipe têm uma agravante: são muito ingênuos...

Pierre Arges Solitude – *alter ego* de Pérsio Ângelo da Silveira – flutua sobre os acontecimentos como uma espécie de criação mental. Trata-se de uma construção imaginária da década de 2000, que conseguiu, de alguma forma, se corporificar e se unir a Isadora Solitude no continente europeu. Pérsio permaneceu durante anos concentrando todas as forças de seu pensamento, de seus sonhos e de suas imagens afetivas na amada. Por que duvidar dos poderes e capacidades mentais que possa ter desenvolvido espontaneamente, a ponto de idealizar, ainda que de forma inconsciente, um duplo que assumisse o seu lugar e fosse se unir a Isadora na França? Não é possível subestimar o potencial e a capacidade paranormal do cérebro humano, cujos limites (numa visão bem otimista) a ciência e a tecnologia não irão dimensionar senão no próximo milênio.

O menino que em 1954 cutucava tatuzinhos nos canteiros do jardim de sua casa cresceu com um vazio no peito a torturá-lo, quase o matando algumas vezes. Jovem ainda, maltratado pelo eterno sentimento de rejeição e de falta de amor, apaixonou-se por Isadora Solitude, sob o clima equatorial da Belém do Pará da década de 1980, cheia de espetáculos, canções, lendas, belezas naturais e sabores exóticos, além de afeto, carinho e doses de amor que nunca antes havia experimentado. Sentindo-se abandonado no Brasil pela amada, deixou que sua mente e sua imaginação iniciassem uma busca resoluta para encontrar os caminhos que finalmente encontrou, passando a acompanhar a vida de Isadora independentemente da distância física. A partir de determinado instante, esteve com ela em quase todos os momentos, salvo alguns anos de interrupção. E assim foi até o dia em que ela foi assassinada, no ano de 2013.

Embora não tenha asas, o homem foi concebido para voar. A vida em comum de Isadora e Pierre na Europa, tal como a vida dela com Pérsio no Brasil, foi desastrosa sob todos os ângulos, especialmente o amoroso. Não houve meio de se adaptarem e o resultado final foi o cruel assassinato, com o "X" inexplicável desenhado nas costas e nádegas do corpo de Isadora. O que foi aquilo? Haveria algum simbolismo por traz da daquele "X" sanguinolento? Haveria algum simbolismo naquele assassinato?... Não sei o que dizer, não sei o que pensar: há limites até para o meu poder de penetrar nos meandros e labirintos da mente humana.

Pérsio foi visto a última vez em dezembro de 2015, quando o psiquiatra Lourival Mattos, em visita a Belém do Pará, o encontrou mendigando na travessa Padre Eutíquio, nas proximidades do Ver-o-Peso. Como acontece todos os dias, uma multidão de pessoas se acotovelava entre as barracas de vendedores ambulantes. Lourival quase não reconheceu Pérsio de tão envelhecido – trôpego, sujo, barba branca desgrenhada, roupas rasgadas, olhar alucinado... Quando notou que se tratava do antigo paciente, imediatamente tentou abordá-lo; porém, Pérsio fugiu para o meio das pessoas, escondendo-se como um vampiro pilhado pela luz do sol. Lourival ainda o procurou durante duas semanas, mas não houve meio de localizá-lo. Percebeu que não tinha visto nenhuma miragem porque Pérsio foi reconhecido por dezenas de mendigos aos quais mostrou fotos: "É o Ângelo!", disseram. "É ele mesmo; quem diria, todo arrumadinho!"

Nessa história toda só há uma certeza: a voz de Isadora Solitude vai sobreviver para sempre nas noites de Belém do Pará, a cidade que sangra por dentro, como a dona da voz. Lourival Mattos certa vez comparou Isadora com a vitória-régia – estrela das águas –, que só floresce e brilha à noite. Contudo, a comparação mais próxima da realidade é com a própria cidade em que ela nasceu, cresceu e viveu.

Ao caminhar sozinho pelas madrugadas de Belém, o observador escutará não apenas o ruído do salto de seus sapatos, mas o sopro da brisa noturna que carrega a voz de Isadora Solitude, propagada por algum microfone imaginário. É uma voz quente de contralto, capaz de desenhar na imaginação de quem a ouve toda a tristeza da deterioração da cidade e de sua moldura de rios e florestas. É incrível como a melodia de uma voz humana pode provocar tantos arrepios de emoção, tantos calafrios...

Com esse sentimento se caminha pelas madrugadas de Belém do Pará, onde toda a riqueza deixada pelo látex nos primeiros anos do século XX está sendo finalmente tragada no século XXI pela decadência representada pelas maravilhosas construções históricas a se desmanchar, abandonadas pela inépcia de sucessivas administrações públicas. O turismo, sozinho, poderia proporcionar riquezas bem maiores do que aquelas que o látex já proporcionou no passado. Mas como desenvolver um turismo promissor diante de tanto desleixo e descaso?

Não serão as curiosidades bizarras que irão atrair turistas, ainda que estes se admirem, por exemplo, das revoadas de urubus nos finais de tarde junto à feira do açaí e ao complexo Ver-o-Peso. Boa parte desses turistas fica admirada, sem dúvida, mas é porque nunca viu um urubu; não sabe quem são esses lixeiros alados, atraídos pelos restos de peixe que apodrecem nas sarjetas diariamente.

Isso tudo há de mudar, com certeza, embora não se saiba pela mão de quem. Se o Brasil inteiro sempre esteve à deriva, o que não se dirá da pobre Belém? Portanto, que ninguém pense em milagres! Os problemas dos homens devem ser resolvidos pelos próprios homens. Tenho acompanhado guerras devastadoras em todo o mundo; como acreditar que num país supostamente pacífico, uma cidade tão bela e tão mágica como Belém possa parecer uma zona de combate, cheia de esgotos a céu aberto e lotada de cortiços, favelas, mendigos, crianças de rua e delinquentes?

No último mês de abril, em uma visita para conhecer o La Tour D'Argent, em Paris, fundado em 1582, Adolfo Urso, o psiquiatra, puxou assunto com um indivíduo que aguardava o automóvel depois do jantar, na saída do restaurante. Já idoso, com aproximadamente 65 anos, esse indivíduo estava acompanhado por três lindas jovens que o acariciavam e o beijavam, dando--lhe o tratamento de um sheik árabe, dono de harém. Quando seu carro chegou, Adolfo reparou que se tratava de um Rolls Royce que parecia um sonho. O tal sujeito entrou no carro e, ao se despedir, entregou a Adolfo um cartão de visitas pela janela do veículo. Quando o psiquiatra se deu conta do nome grafado – Pierre Arges Solitude –, ainda esboçou uma reação de surpresa, mas o carro já havia partido. No dia seguinte, caminhando por uma Paris que suportou tantas guerras, mas cujas construções históricas se mantêm sempre impecáveis para receber os turistas, saiu atrás de Pierre no endereço do cartão: 25 Avenue Montaigne, 75.008. No local funciona o Hotel Plaza Athénée Paris, onde Adolfo não encontrou ninguém que pudesse ajudá-lo. *Monsier Solitude? Je ne connais pas* – diziam todos. Se não fosse o cartão de visitas com o nome de Pierre, Adolfo acreditaria em sonho ou ilusão de óptica.

Os mistérios que persistem quanto ao desfecho do caso de amor que envolveu Pérsio e Isadora não merecem maiores conjecturas. Milhares de pessoas morrem a cada dia, boa parte delas em decorrência de crimes não solucionados. Quantas mortes ocorridas na história da humanidade permanecem até hoje envolvidas pelo mais absoluto mistério?

É preciso viver a vida da forma mais leve e agradável possível, sem se perder em amores impossíveis ou buscas inalcançáveis. O homem é uma construção defeituosa, uma espécie de rascunho. Com tantas injustiças e desgraças provocadas por ele próprio, não é possível permanecer se lamentando com as desgraças que acontecem na Terra. Há momentos em que todos, até mesmo eu, precisam suavizar as tensões para não enlouquecer.

Aqui no topo do mundo, com o sol revelando suas primeiras luzes, evito pensar em questões existenciais, preservando meus instantes de sossego e encantamento. Veja toda a beleza da Amazônia paraense! Não é algo completamente maravilhoso? Sim... porque hoje, como um tapete que esconde a sujeira do piso, a névoa de superfície das manhãs encobre toda a devastação da floresta nos últimos sessenta anos. Graças a essa névoa, ainda posso me encantar com toda a paisagem – a mesma que há milênios admiro todos os dias, no alvorecer, enquanto saboreio o meu café da manhã.

Caderno de receitas de Pérsio Ângelo da Silveira

1:

FAROFA D'ÁGUA

Ingredientes: 1 kg de farinha de uarini; 150g de tomate; 150g de cebola; 100g de pimentão; 20g de pimenta de cheiro; 20g de sal; 10g de pimenta murupi; 100ml de azeite de oliva; 100ml de vinagre; 1 maço de cheiro verde.

Preparo: corte em picadinho miúdo (*brunoise*) o tomate, a cebola, o pimentão, a pimenta de cheiro e a pimenta murupi. Reserve. Pique da mesma forma o cheiro-verde, misturando-o a seguir com o azeite de oliva, o vinagre e o sal, juntando os ingredientes reservados e a farinha de uarini. Misture tudo e sirva.

Observações: uarini é um produto resultante da mandioca amarela apodrecida em água, espremida, peneirada e deixada para secar. Pimenta murupi é uma pequena pimenta dividida em gomos, com o formato alongado; na primeira fase apresenta coloração verde, depois amarela e vermelha na alta maturidade; muito ardida, atinge o grau 9 na escala de ardume.

2:

PIRARUCU NO LEITE DE COCO

Ingredientes: 1 kg de pirarucu salgado; 1 garrafa (média) de leite de coco; 1 cebola (média); 1 maço de cheiro verde (pequeno); 1 pimentão (médio); 1 colher (sopa) de azeite de oliva; 1 pimenta de cheiro.

Preparo: corte o pirarucu em postas médias; lave-as e deixe-as de molho durante 6 horas para tirar o sal, trocando a água por três ou mais vezes, no mínimo. Escorra-as bem. Refogue todos os temperos cortados em rodelas com o azeite e a pimenta de cheiro. Retire a pimenta de cheiro, junte o leite de coco e acrescente as postas do pirarucu. Deixe cozinhar por 15 minutos e sirva quente, com arroz branco.

3:

TUCUPI

Ingredientes (para dois litros): 3 kg de mandioca brava; 4 dentes de alho amassados; 2 maços de chicória; sal a gosto; pimenta de cheiro a gosto.

Preparo: descasque a mandioca, lave e rale no ralador. Leve ao fogo com água, até a mandioca virar uma massa. Esprema essa massa com as mãos, num pano de algodão, extraindo um líquido amarelo, que é o tucupi. Deixe o líquido descansar por 12 horas, que a goma vai se separar do tucupi (líquido). Reserve a goma que deve ser usada na preparação do tacacá. Numa panela grande, ferva o tucupi com o alho, a chicória e o sal por 1 hora e 30 minutos.

Observações: Os indígenas colocam a massa de mandioca ralada dentro do tipiti, espremendo-a quando este artefato é tracionado. O líquido escorrido será a base do tucupi, a princípio leitoso, assumindo um amarelo límpido assim que o amido (fécula, polvilho ou goma) se sedimenta no fundo do recipiente. Depois de fermentado por um ou dois dias e fervido com alho, alfavaca, pimenta de cheiro e chicória (ou coentro-do--pasto), se transforma no molho tucupi, de aroma penetrante e sabor ácido inconfundíveis.

4:

PATO NO TUCUPI

Ingredientes: um pato de 3 kg; 3 litros de tucupi; 4 limões; 2 colheres (sopa) de vinagre; 4 maços de jambu; 1 maço de chicória; 1 maço de alfavaca; 100 g de cebola; 50g de pimenta cheirosa ; 10g de pimenta de cheiro; 10g de alho amassado; 10g de pimenta do reino e cominho; 10g de tomate.

Preparo: limpe o pato, amputando-lhe a seguir as partes inúteis, como a cabeça, os pés e os órgãos internos; lave-o com limão e corte-o ao meio no sentido vertical; mantenha-o em vinhas d'alho de 1 a 2 horas; leve-o ao forno para assar e a seguir corte-o em pedaços médios, sem desossar. Reserve. Coloque o tucupi, a chicória, a alfavaca, 1 dente de alho e 3 pimentas de cheiro inteiras, em uma panela grande; deixe cozer por 40 minutos, acrescentando água aos poucos. Limpe e lave o jambu, deixando galhos pequenos e cozinhando-o em uma panela separada por 15 a 20 minutos. Escorra. Coloque o pato no tucupi e leve-o ao fogo para amolecer mais; acrescente a cebola e o tomate cortados em rodelas, juntando a seguir o jambu. Deixe ferver por 5 minutos. Amasse e coe as 3 pimentas de cheiro restantes, fazendo um pequeno molho à parte, acrescido de 3 colheres (sopa) de tucupi. Sirva tudo com arroz branco, farinha d'água e o molho da pimenta.

5:

TACACÁ

Ingredientes: 500g de goma de tapioca; 2 litros de tucupi; 3 maços de jambu; 800g de camarão seco (graúdo); 3 pimentas de cheiro; 10g de alho (amassado); 1 maço de chicória; 1 maço de alfavaca; sal a gosto.

Preparo: descasque os camarões, retire suas cabeças (mas não o rabo) e deixe-os de molho por 2 horas para retirar o sal, trocando a água por duas vezes, pelo menos; coloque o tucupi para cozer por 40 minutos, com um pouco de sal, a chicória, a alfavaca e o alho amassado. Limpe e lave o jambu, deixando galhos pequenos e levando-o ao fogo para cozer por 30 minutos. Coloque 3 litros de água em uma panela grande, com sal; deixe ferver e acrescente a goma diluída aos poucos em água fria; mexa bem, para não encaroçar. Deixe cozinhar por 30 minutos, fazendo com que o produto se transforme em um mingau grosso e uniforme. Amasse a pimenta de cheiro (sem coar) com 4 colheres (sopa) do tucupi. Sirva quente em cuias pretas, colocando um pouco do tucupi, uma concha do mingau, algumas folhas de jambu e 4 camarões, fazendo uns cortes com uma colher grande para misturar um pouco o tucupi com o mingau.

6:

MANIÇOBA

Ingredientes: 2 kg de folhas de maniva; 1 kg de lombo de porco; 1 kg de bucho; 1 kg de charque; 1 paio; 500g de rabo de porco; 500g de linguiça portuguesa; 500g de chouriço/linguiça Paraná (pequenas linguiças que costumam vir em lata, conservadas em banha); 500g de costela de porco defumada; 300g de toucinho fresco de porco (deve ser fresco para dar ao prato a tonalidade esverdeada); 100g de bacon; 50g de alho; 15 folhas de louro; 1 colher (sopa) de pimenta do reino moída; pimenta de cheiro a gosto, 6 cebolas grandes; 3 tomates grandes; 2 colheres (sopa) de coentro verde picado; 2 colheres (sopa) de hortelã picada.

Preparo: retire as folhas da maniva (outro nome para a árvore da mandioca), lave-as bem, passe-as no moedor e coloque-as em uma panela grande, levando ao fogo para ferver com bastante água. Acrescente o toucinho fresco cortado em pedaços iguais e deixe cozinhar durante 4 a 5 dias, acrescentando água na medida em que for secando. No 4º ou 5º dia, corte as carnes secas, lave-as bem e escalde-as para retirar o sal. Vá acrescentando às folhas de maniva cozidas: primeiro as carnes mais duras e, por último, o bacon, o paio, a linguiça e o chouriço. Acrescente as folhas de louro e quando todas as carnes estiverem cozidas, ponha os temperos, pimenta-de-cheiro, tomate, cebola e alho, cortados em tiras não muito grandes. Sirva quente, com arroz branco e farinha d'água.

Observação importante: a folha da mandioca é venenosa! Não deixe de cozinhá-la por quatro dias, no mínimo, para que todo o veneno se evapore.

7:

CASQUINHOS DE MUÇUÃ

Ingredientes: 8 muçuãs; 3 colheres (sopa) de azeite de oliva; 1 colher (sopa) de suco de limão; 8 azeitonas inteiras; 500g de farinha-d'água fina; 100g de manteiga; 100g de tomate; 100g de cebola; 50g de pimenta cheirosa; 10g de alho amassado; 10g de cheiro-verde; 5g de pimenta de cheiro amassada e coada.

Preparo: leve ao fogo uma panela com bastante água e deixe ferver. Coloque os muçuãs em seguida e deixe-os cozinhar por 1 hora. Espere esfriar e abra os cascos para separar a carne. Retire a pele preta que as reveste e também o fel dos fígados para não amargar. Corte a carne em pedaços miúdos e acrescente o suco de limão. Refogue a carne com todos os temperos cortados em cubinhos, o azeite de oliva e a pimenta cheirosa, deixando no fogo por 10 minutos. Lave muito bem a parte superior dos cascos e deixe escorrer. Arrume a carne refogada nos cascos já lavados, cubra com a farinha-d'água e coloque 1 azeitona em cada um dos 8 casquinhos. Sirva quente.

8:

CALDEIRADA DE FILHOTE

Ingredientes: 2 kg de filhote; 1 maço de cheiro-verde; 500g de tomate; 500g de cebola; 4 colheres (sopa) de azeite de oliva; 3 litros de água; 300g de pimenta cheirosa; 4 limões; 20g de alho; 5g de pimenta-de-cheiro; 5 ovos cozidos; 500g de batata (cozida e cortada em pedaços grandes); 500 g de camarão-rosa descascado; 500g de farinha d'água fina; 1 maço de chicória; 1 maço de alfavaca.

Preparo: limpe e corte o filhote em postas médias, lavando-as com limão. Coloque-as na vinha-d'alho por 1 hora. Leve a água ao fogo com o azeite e uma parte dos temperos cortados em pedaços grandes. Acrescente as postas de peixe e o camarão, deixando cozer em fogo brando por 15 minutos. Antes de retirar do fogo, acrescente a batata e o restante dos temperos. Sirva bem quente, com arroz branco e pirão escaldado, preparado com o caldo do peixe e engrossado com a farinha-d'água (colocada previamente de molho na água fria).

9:

TAMBAQUI NA BRASA

Ingredientes: 1 banda de tambaqui médio; 3 limões; 100 ml de azeite de oliva; 100g de alho; 20g colorau; 20g de pimenta-do-reino; sal a gosto

Preparo: limpe a banda de tambaqui, deixando-a marinar por 30 minutos, no mínimo, em uma vinha d'alhos preparada com os demais ingredientes. Coloque-a na grelha para assar, remolhando-a periodicamente com a vinha d'alhos até que fique pronta. Sirva com molho de tucupi e pimenta de cheiro, juntando também farofa d'água.

10:

FRITO DO VAQUEIRO.

Ingredientes: 3 kg carne de búfalo gorda (maminha, fraldinha, peito etc.); 1 colher de sopa de sal (há receitas que incluem alho, cheiro verde, chicória e coentro, mas nas fazendas, originalmente, costumava-se usar apenas o sal).

Preparo: deixe a carne na temperatura ambiente; enxugue com um pano para tirar o excesso de sangue; corte em pequenos cubos, mantendo sempre a gordura; despeje os cubos em uma panela grande, de ferro, acrescentando o sal. Misture um pouco, tampe a panela e mantenha-a em fogo baixo por aproximadamente 3 horas. Sem acrescentar água ou gordura, cozinhe a carne no próprio vapor, mexendo de vez em quando para evitar que se queime. Desligue o fogo quando a carne começar a dourar na própria gordura.

O segredo está nesse processo da fritura, que ao se concluir transformou tudo em um bolo semelhante às carnes em conserva.

Observação: O acompanhamento usual do prato, além da farinha de mandioca, é o pirão caboclo, preparado com leite de búfala fervido, misturado com farinha de mandioca, sal e manteiga por cima.

11:

FRITO DE CAPOTE

Ingredientes: 1 capote de tamanho médio; 2 limões; 2 tomates; 1 cebola; 1/2 maço de cebolinha; 2 colheres (sopa) de manteiga; 1 colher (sopa) de óleo; 1 pimenta de cheiro. Vinha d'alhos preparada com 3 dentes de alho, 1 pitada de cominho, 1 colher (café) de pimenta do reino, 1 folha de louro picada, 2 xícaras (chá) de vinagre, 2 gotas de conserva de pimenta malagueta. Farofa resultante de 4 xícaras de farinha de mandioca, 1 colher de colorau, 3 colheres de manteiga, 1 xícara (café) de óleo, 1 xícara (café) de coentro, cebolinha e sal a gosto.

Preparo: limpe o capote, esfregue-o com limão, corte-o pelas juntas e deixe-o submerso por 15 minutos em água fria e suco de limão. Escorra. Mergulhe os pedaços do capote na vinha-d'alhos, deixando-os tomar gosto até o dia seguinte. Pique o tomate, a cebola e a cebolinha; refogue os pedaços de capote com a manteiga e o óleo, juntando os temperos picados, inclusive a pimenta-de-cheiro; mexa tudo continuadamente até corar. Coloque um copo d'água e tampe a panela para cozinhar. Não deixe a carne do capote amolecer demais. Em outra panela prepare a farofa, derretendo primeiro a manteiga em óleo. A seguir, aqueça tudo muito bem, acrescentando o colorau e juntando a farinha peneirada, a ser mexida continuamente para não queimar. Por último coloque o coentro e a cebolinha, mexendo bem. Apague o fogo, junte o capote, misture e mexa tudo, tomando sempre cuidado para não desossar os pedaços do capote.

Observações: nas receitas mais antigas usa-se a banha de porco, que modernamente é substituída por óleo de milho, de girassol, de canola, de soja ou de outros produtos vegetais. Porém, embora não seja tão saudável, a banha de porco é imbatível.

12:

ARROZ DE MARIA IZABEL

Ingredientes: 500 g de carne de sol; 1/4 xícara (chá) de óleo; 3 dentes de alho amassados; 1/2 colher (chá) de pimenta do reino; 1/2 xícara (chá) de pimentão verde cortado em cubos; 1 colher (sopa) de cebola cortada em cubos; 3 xícaras (chá) de água fervente; 1 xícara e 1/2 (chá) de arroz cru lavado; cebolinha a gosto.

Preparo: coloque a carne de sol em uma panela, cubra com água e leve ao fogo. Deixe ferver. Jogue água fora e repita a operação; tire a panela do fogo, deixe a carne esfriar um pouco e corte-a em cubos. Reserve. Em outra panela, aqueça o óleo e frite a carne; acrescente o alho, a pimenta-do-reino, o pimentão e a cebola. Misture tudo por 4 minutos, junte a água fervente e em seguida o arroz. Deixe cozinhar por 20 minutos e salpique a cebolinha por cima. Sirva quente.

13:

BUCHADA DE BODE PARAIBANA

Ingredientes: vísceras de 1 cabrito (bucho, tripas, fígado e rins); 4 limões grandes; sal e pimenta-do-reino a gosto; 3 dentes de alho amassados; 4 cebolas picadas; 1 maço de cheiro verde picado; 2 folhas de louro picadas; 2 ramos de hortelã picados; 1 xícara de vinagre; 2 colheres de sopa de azeite; 200g de toucinho fresco picado; sangue coagulado do cabrito.

Preparo: limpar as tripas, fígado e rins, retirando a cartilagem e o sebo. Limpar o bucho, esfregando o limão por dentro e por fora. Deixar de molho em água fria com o suco de 1 limão por 5 horas. Picar em tirinhas as tripas e demais vísceras. Temperar com sal, pimenta-do-reino, alho, cebola, cheiro verde, louro e hortelã. Juntar o vinagre e deixar descansar. Aquecer o azeite e adicionar o toucinho, deixando em fogo baixo até derreter, formando torresmos. Retirar os torresmos, refogando todas as vísceras na gordura que se formou. Juntar o sangue coagulado já picado e retirar do fogo. Retirar o bucho do molho de limão, aferventar inteiro. Colocar o refogado de vísceras e os torresmos no interior do bucho e costurar com agulha e linha. Levar ao fogo uma panela com bastante água e sal e deixar ferver. Colocar o bucho e cozinhar em fogo brando durante 4 horas. Servir com molho de pimenta forte e farinha de mandioca crua.

14:

BAIÃO DE DOIS

Ingredientes: 2 xícaras (chá) de feijão de corda (ou fradinho) cozido; água em que se cozinhou o feijão; 1 xícara (chá) de arroz cozido; 1/2 cebola picada; 1 linguiça calabresa cortada em cubinhos; 100g gramas de bacon em cubos; 1 paio picado em cubos; 2 dentes de alho bem picados; 300g de carne seca dessalgada, cozida e desfiada; 2 colheres (sopa) de coentro picado; 2 colheres (sopa) de manteiga de garrafa; óleo, sal e pimenta do reino a gosto; 1 xícara (chá) de queijo de coalho cortado em cubos.

Preparo: por cerca de 15-20 minutos, até ficar *al dente,* cozinhe o feijão na panela de pressão, com 3 a 4 xícaras (chá) de água; junte 1 pitada de sal e 1 folha de louro. Escorra a água do feijão e reserve. Em outra panela, cozinhe o arroz com alho e cebola, usando de 2 a 3 xícaras (chá) da água reservada. Numa frigideira grande (ou tacho), coloque a cebola para dourar em um pouco de manteiga de garrafa e um fio de óleo. Adicione o alho e o bacon e deixe refogar até derreter a gordura do bacon. Junte a linguiça e o paio, refogue mais um pouco. Acrescente a carne seca, o feijão e o arroz. Mexa. Junte a manteiga de garrafa, coloque um pouquinho da água do cozimento do feijão e, por último, adicione coentro e queijo coalho. Acerte o sal, a pimenta e sirva.

Notas finais
Assuntos do Pará, Piauí e Paraíba

[1] *OEIRAS DO PARÁ* – era e ainda é um povoado muito pobre. As atividades econômicas básicas do município são até hoje o extrativismo vegetal (madeira, açaí e palmito) e animal (pescado e mariscos), além da agricultura familiar de subsistência, com o cultivo da mandioca. A pobreza impera no local e a maior parte das famílias vive com meio salário mínimo, contando com essa renda para suprir toda a sua alimentação, vestuário, educação e saúde.

[2] *PIRARUCU* – pode chegar a três metros de comprimento, pesando cerca de duzentos quilos, embora seja mais comum encontrá-lo com cinquenta a oitenta quilos, o peso de um homem. No norte do país costumam salgá-lo para a sua conservação, de modo que é conhecido como o "bacalhau da Amazônia". Preparado com leite de coco à moda do Pará, é um prato típico obrigatório. Também o preparam frequentemente na chapa ou na grelha, mas no leite de coco é considerado imbatível.

[3] *TEATRO DA PAZ* – no parque que o circunda alguém implantou (como enfeite, sem maior utilidade, na segunda metade do século XIX) um coreto de ferro importado da Inglaterra. Depois, já no início do século XX, tempos de riqueza da borracha e do látex, esse coreto passou a abrigar um café no estilo parisiense, que funcionou por vários anos, até ser fechado na década de 1930, para a decepção geral dos boêmios belenenses de então. Lógico que os formadores noturnos de opinião imediatamente reivindicaram um espaço nas proximidades e conseguiram, assim, que o quiosque da bilheteria do Teatro da Paz fosse transformado em suporte para um bar ao ar livre sobre uma espécie de tablado. Foi dessa forma

que surgiu o tal Bar do Parque, a partir de 1935, segundo relatos que gozam da mais absoluta credibilidade entre os historiadores da boemia belenense.

4 NOSSA SENHORA DE NAZARÉ – sua imagem já era cultuada em Portugal desde que foi atribuído à santa o primeiro milagre, em 14 de setembro de 1182, data em que salvou a vida de d. Fuas Roupinho, amigo íntimo de d. Afonso Henriques, o primeiro rei português. No Brasil, na festa do Círio de Nazaré, a imagem segue pelas ruas em um carro suspenso, chamado berlinda, e permanece separada dos fiéis por uma corda incorporada à procissão em 1868, quando substituiu a junta de bois que até então puxava o carro da santa. As comemorações do Círio têm início uns trinta dias antes da data marcada para a procissão final, no segundo domingo de outubro de cada ano. Começam com várias romarias em automóveis e caminhões (as rodorromarias), em motos (as motorromarias) e em barcos (romarias fluviais), estas últimas mais recentes, datando a primeira de 1985, ano anterior à primeira vez que Pérsio esteve no Círio de Nazaré. A cada ano a festa apresenta alguma inovação.

5 MERCADO VER-O-PESO – construído no século XIX com o ferro fornecido pelos ingleses, tem esse nome esquisito porque havia ali uma balança para "haver o peso". A chamada Era do Ferro no Pará ocorreu em fins do século XIX e começo do século XX, com o nascimento e ascensão da *art noveau* europeia. Nessa época, enriquecida pelo látex, Belém sofreu várias transformações e foi remodelada segundo um ideal da Revolução Industrial. Nesse momento surgem os primeiros parques e áreas verdes da cidade, além de uma nova arquitetura feita em ferro, hoje adotada como patrimônio histórico e cultural de Belém, envolvendo os prédios do complexo Ver-o-Peso, como o Mercado da Carne e do Peixe, além dos galpões da Estação das Docas, bem como os diversos coretos da praça da República, entre tantos outros exemplos. Quanto ao mercado Ver-o-Peso, reúne barracas para vender de tudo um pouco: ervas, raízes, condimentos e essências de flores da floresta, poções e elixires milagrosos. Junto aos produtos para macumba e vodu, há também sabonetes de tartaruga, olhos de boto, cabeças secas de cobras, dentes de jacaré, pó de lagarto, afrodisíacos, talismãs, amuletos, enfeites etc. Por incrível que pareça, ali também se vendem produtos corriqueiros e normais, como peixes, carnes, frutas e vegetais.

⁶ *FILHOTE* – com uma coloração escura, cabeça grande e olhos pequenos, o *filhote* pode pesar até trezentos quilos e medir cerca de 3,5 metros, embora o chamem de *piraíba* a partir dos sessenta quilos. Vive em águas profundas, em poços, remansos, saídas de corredeiras e na confluência de grandes rios; é um dos peixes mais apreciados da bacia amazônica, onde é encontrado em maior quantidade ao longo de toda a costa da Ilha de Marajó.

⁷ *LÁTEX* – com o processo de vulcanização inventado em 1839 por Charles Goodyear, o látex das seringueiras que cresciam espontaneamente nas florestas e matas da Amazônia passou a ser requisitado para a fabricação de uma infinidade de produtos, desde chapéus e capas de chuva até mangueiras e correias industriais. No final do século XIX a incipiente indústria automobilística provocou a febre da borracha, que se alastrou como uma pandemia pela Amazônia, cujo panorama econômico se viu transfigurado de uma hora para outra. A procura internacional pelo látex se impulsionou como um foguete que vai ao infinito. Uma gama de necessidades de uma indústria que despontava a partir dos *oldsmobile* – as primeiras carruagens sem cavalos produzidas em massa – passou a requisitar cada vez mais o produto das seringueiras, não só para os pneumáticos ou pneus, mas também para uma série de componentes dos motores e das carrocerias.

⁸ *TAMBAQUI* – é um peixe de escamas mais ou menos escuro, dependendo da cor da água em que vive. Na metade superior do corpo ele é pardo e na metade inferior cinzento ou até mesmo negro. Encontrado em toda a bacia amazônica, alcançaria com frequência mais de um metro de comprimento e pesaria mais de quarenta e cinco quilos se a procura por sua carne não fosse tão intensa.

⁹ *ESTAÇÃO DAS DOCAS* – fica bem ao lado do mercado Ver-o-Peso. Depois de restaurados, os galpões do século XIX se transformaram em um polo turístico de 32 mil metros quadrados. Ao todo, são três armazéns por onde se espalham restaurantes e lojas movimentados durante todo o dia e, especialmente, no entardecer, diante da baía. Diariamente, há apresentações musicais nos antigos transportadores de carga suspensos sobre o público, os quais hoje são utilizados como palcos deslizantes.

¹⁰ *ILHA DO MARAJÓ* – é banhada tanto pela água doce da bacia amazônica como pela água salgada do oceano atlântico; qualifica-se como uma ilha fluviomarinha, que é um tipo comum nos deltas dos rios, ou seja,

nos locais em que estes costumam desaguar e formar os conjuntos de canais e ilhas conhecidos como "deltas" por terem a forma de leques ou triângulos, como a letra grega maiúscula de mesmo nome. Entre as ilhas fluviomarinhas do mundo, a do Marajó é a maior. Com cerca de 42 mil quilômetros quadrados, ela supera em tamanho os estados do Rio de Janeiro, Alagoas e Sergipe juntos. Supera também vários países como a Suíça e a Bélgica.

11 *BUBALINOS* – várias versões explicam a chegada dos búfalos de origem africana ou asiática à ilha. A primeira versão alude a um rico fazendeiro do século XIX, que teria importado da Itália os primeiros búfalos, passando a desenvolver uma grande criação em regime aberto. A segunda versão sustenta que no século XVIII missionários franciscanos teriam introduzido os búfalos na ilha, passando a criá-los nas savanas e nos alagados da parte leste. Embora seja considerada uma lenda fantasiosa pelos marajoaras, a terceira versão parece ser a mais interessante. Segundo ela, um navio corsário do século XVII, carregado de búfalos indianos com destino à Guiana Francesa, foi surpreendido por uma daquelas fortes tempestades equatoriais que sempre sacodem a costa marítima da Ilha do Marajó. O mar se levantou em ondas para engolir a embarcação, mas ela era pilotada por um daqueles experientes corsários franceses que já navegavam em toda a costa brasileira desde os primeiros tempos do descobrimento. Ainda assim, depois de ir para um lado e para o outro e de surfar perigosamente sobre uma torrente de ondas gigantescas, a embarcação não conseguiu escapar do naufrágio. Contudo, o navegador havia conseguido se aproximar da ilha o suficiente para salvar boa parte dos passageiros bubalinos. Os humanos morreram afogados, mas os búfalos, excelentes nadadores, alcançaram as praias da Ilha do Marajó depois de horas e horas de luta nas ondas do mar. No dia seguinte, depois de atravessar manguezais de árvores imensas, com espantosas raízes aéreas, aqueles búfalos chegaram às pastagens das savanas e encontraram o ambiente propício para se desenvolverem. Em pouco tempo a Ilha do Marajó, integrante do maior arquipélago fluviomarinho do mundo, foi inteiramente povoada pelos descendentes daqueles búfalos náufragos, constituindo hoje o maior rebanho desses animais no Brasil.

12 *TERESINA* – data da segunda metade do século XVIII, quando fazendeiros de gado expulsaram as tribos de índios potis da região. No século seguinte o povoado que esses fazendeiros formaram foi batizado com o nome de Teresina em homenagem à imperatriz Teresa Cristina,

que apoiou a escolha da cidade como capital do Piauí, em 16 de agosto de 1852. Quando Pérsio ali esteve, mais ou menos em 1989, o estado era o mais pobre do Brasil, lugar depois assumido pelo Maranhão, seguido de perto por Alagoas, o segundo colocado. Ao sobrevoar a região no *Baron* do Grupo Avanhandava, consta que Pérsio tenha visto muita caatinga, muito agreste, muita aridez pelo interior. Só nas proximidades de Teresina começaram a surgir áreas verdes e rios caudalosos. Teresina é a única capital do Nordeste que se situa fora do litoral. Entre os rios Parnaíba e Poti, tem o apelido de *Mesopotâmia do Nordeste*. Fica em uma região chamada Chapada do Corisco, tal a quantidade de raios, relâmpagos e trovões que emergem das chuvas rápidas e violentas ali frequentes. Teresina é considerada a capital nacional dos raios e seria a capital mundial se não fossem outras duas cidades do mundo que apresentam mais sequências de descargas elétricas.

13 *HOTEL TAMBAÚ* – em João Pessoa, Paraíba, na praia do mesmo nome, tem origem em projetos de incentivos fiscais dos tempos da ditadura militar, quando muitas empresas de grande porte investiram recursos na região Nordeste. O projeto arquitetônico em forma de disco voador, assinado pelo arquiteto Sérgio Bernardes, recebeu diversos prêmios, de modo que a edificação do hotel é até hoje uma referência nacional em termos de arquitetura.

14 *JOÃO PESSOA* – no ano de 1585 foi fundada como cidade (e não como aldeia ou povoado, como aconteceu anos antes com São Paulo, por exemplo) pela cúpula da Fazenda Real, que era uma capitania resultante do desmembramento da Capitania de Itamaracá. Sua pobreza é anterior ao nome de João Pessoa, político cujo assassinato detonou a Revolução de 1930, marco inaugural da ditadura Vargas no Brasil. A Praça Sólon de Lucena, nascida em um antigo sítio jesuíta, cujos jardins foram originalmente projetados por Burle Marx, é particularmente bonita. As palmeiras imperiais que acompanham o traçado de seu grande lago central emprestam ao parque uma aparência de majestade que só é possível encontrar em alguns lugares do Rio de Janeiro.

15 *ALTER DO CHÃO* – é um pequeno povoado a 850 km de Belém, que teria sido fundado em 1626, na região oeste do estado do Pará, às margens rio Tapajós, território do município de Santarém. Consta que durante os séculos XVII e XVIII o povoado recebeu diversas missões religiosas de jesuítas da ordem franciscana, encarregados de catequizar

as comunidades indígenas boraris que ali viviam e que deixaram grandes quantidades fragmentárias de artefatos de barro e de pedra polida. No início do século XX, a vila era uma das rotas de transporte do látex que vinha de Belterra e da Fordlândia; mas, com a decadência da extração da borracha em toda a Amazônia o lugar foi atingido por uma veemente estagnação econômica. A sobrevivência de Alter do Chão, cujo nome foi tomado de uma cidade portuguesa, se deve hoje ao turismo, pois ali se encontram as praias de água doce mais lindas do mundo, segundo algumas revistas internacionais, que passaram a alardear esse fato a partir de quando foi tornado público pelo jornal inglês *The Guardian*. E não há, de fato, sob o prisma da beleza natural, nada na Terra semelhante àquelas praias, que reforçam a crença de que Deus realmente é brasileiro. Porém, sendo justo como toda a divindade, Deus nos legou para contrabalançar construtores e arquitetos capazes de transformações paisagísticas surreais. Para entender o que afirmamos, basta atravessar o rio Tapajós, pisar nas areias quentes da chamada Ilha do Amor e olhar para a orla do povoado, onde o observador terá oportunidade de ver despontar na paisagem uma edificação de três andares, impondo-se sobre o casario de pequenas residências térreas. Essa edificação chama a atenção: pelo tamanho em relação às suas vizinhas; pelo revestimento tricolor dos azulejos brancos, rosas e azulões habitualmente utilizados em cozinhas industriais; e pelo gigantesco chapéu de metal no estilo daqueles usados por postos de gasolina de rodovias, distinguindo-se desses postos, no entanto, pela cor em azulão chamativo.

[16] *VAL-DE-CÃNS* – existem várias versões quanto à origem desse nome esquisito do aeroporto de Belém. A mais interessante data de 1895: uma comitiva de Lauro Sodré, então governador do Pará, navegava até a Vila de Pinheiro, hoje bairro de Icoaraci, quando avistou uma multidão de negros, quase todos de cabelos brancos, assistindo à passagem da comitiva pelo rio. Admirado, o governador exclamou: "Isto é um verdadeiro Val-de-Cans!" – do latim "vale de pessoas de cabelos brancos", expressão que acabou por batizar o local.

Nota do autor

Nas três últimas décadas estive no Pará e em sua capital, Belém, em diversas ocasiões. Fui a trabalho, depois a passeio, e finalmente para pesquisas. Sempre admirado com um universo de riquezas tão ocultas do mundo quanto um tesouro enterrado numa floresta, mergulhei durante os últimos cinco anos em estudos sobre a região. A ideia era fazer uma tentativa de mostrar, mediante este livro, um pouco da Amazônia paraense que eu tive a oportunidade de ver, ouvir, respirar e sentir desde o início dos anos de 1980.

Tanto os personagens como a trama do romance, embora sejam produtos exclusivos de minha imaginação, têm uma base sólida na realidade: inspirei-me em lugares e pessoas que existem ou existiram; em situações que vivi ou testemunhei; em fatos que me foram narrados ou presenciei. Também me inspiraram os poemas, as canções e as lendas amazônicas, sem falar nos pratos da culinária que o homem paraense desentranha da floresta todos os dias, há centenas de anos.

Com um carinho especial, agradeço as intervenções e sugestões precisas da editora Mary Lou Paris e dos escritores Carla Caruso e Estevão Azevedo. Sou também muito grato à artista plástica Bia Coutinho, minha mulher, não apenas pelo seu trabalho de leitura e releitura do texto, mas pelos apartes sensíveis com que induziu várias retificações e correções de rumos, além de inúmeras passagens da trama.

Quanto a ela, Bia, agradeço também – e com muita emoção – o trabalho artístico de criação da capa do livro, fundada em uma foto do cineasta Otávio Pacheco, meu filho, que retratou com maestria, em um alvorecer da Amazônia, o ambiente de cegueira resultante do sopro invisível de uma névoa de superfície.

Louveira, outubro de 2016.